*Für die Freunde unserer Verlage*

Weihnachten 1990

JANOSCH

# Polski Blues

Roman

Goldmann Verlag

Der Goldmann Verlag
ist ein Unternehmen der Verlagsgruppe Bertelsmann

1. Auflage

Satz: IBV Satz- und Datentechnik GmbH, Berlin
Printed in Germany
ISBN 3-442-30417-2

Marcell hätte vor drei Stunden von Paris ankommen müssen, war aber nicht, Verspätung auf unbestimmte Zeit. Bummelstreik in Orly und der Flughafen in Wien wie ein Pfadfinderferienlager.

Wir tranken einen Kaffee nach dem anderen, und die Stimmung war im Keller, denn das Auto war gepackt, und nicht abzusehen, wann sein Flug ankommen würde.

»An fast keiner Stelle funktioniert die Welt«, sagte Staszek.

Wir waren froh, wenn wir auf dem Flugplatz irgendwo sitzen konnten, die Leute saßen oder lagen in Scharen auf dem Boden. Und dann kam er schließlich doch. Um fünf statt um eins. Vier Stunden Verspätung, es hätte schlimmer sein können.

Wir fuhren gleich los. Wir hatten etwa zwei oder drei Wochen Zeit bis Warschau. Staszek hatte gesagt, er wolle uns unterwegs möglicherweise eine Sternstunde ›spendieren‹. Die Polen sagen gern ›spendieren‹. Ob es sich um einen Wodka handelt, um eine Frau, auf welche sie zu deinen Gunsten verzichten, eine Sternstunde oder ein Jahr ihres Lebens. Das sie dir geschenkt haben. Sofern du eine Frau bist.

»Aber man kann sie nicht arrangieren. Natürlich.«

Er sagte, er habe vor dreißig Jahren oder länger einen gekannt, der habe zu leben gewußt.

Der habe das getan, was man unter Leben verstehen darf.

Und den würde er uns zeigen. Dort. Unterwegs.

Zdenek.

Zdenek Koziol alias Steve Pollak, ein Trompeter. In den Fünfzigern in Paris und dann anderswo habe Staszek ihn gekannt, der habe es kapiert gehabt.

»Du läufst doch das ganze Leben lang herum und kriegst es nicht raus. Immer ist da etwas, was nicht paßt.« Marcell rollte seinen Mantel zusammen und warf ihn hinten ins Auto, einen Dufflecoat wie der Commissar im *Dritten Mann*, wer trägt denn noch so was! Vor dreißig Jahren hatte ihn ganz Paris an, aber jetzt, Monsieur?

Ich kannte Marcell vorher nicht, er war Staszeks Kameramann.

Wir hatten wenig Gepäck. Was wir zum Arbeiten brauchten, hatte Staszek nach Warschau vorgeschickt, und so hatten wir das Auto nur mit Westwaren vollgepackt, mit denen man Nachtquartiere bezahlen, Tür und Tor öffnen oder die man verschenken konnte. Verschenken war Staszeks Leidenschaft, wie wir bald sehen sollten.

»Fünf Sternstunden stehen dir zu in einem Leben«, sagte Staszek und drehte das Fenster auf. »Wenn du Glück hast.«

»Sieben«, sagte Marcell, »ich verlange sieben.«

»Vom wem verlangen?«

»Pff. Von Gott oder dem Teufel oder der allmächtigen Kybernetik, such es dir aus.«

Staszek wählte die Kybernetik. Die blinde Steuerung aus dem All oder der Hölle. Gegen die du machtlos bist. Was sie dir zugesteht, bekommst du, mehr aber nicht.

Zdenek, damals König der Jazzer, lebte jetzt dort irgendwo auf einem gottverdammten Dorf am Arsch der Welt.

»Mal sehen, wie die Kunst des Lebens am Ende aussieht. Mal sehen, wie so ein König und Meister sein Leben beschließt und warum gerade in Kuźnice und nicht auf den Bahamas. Kuźnice, mal gehört?«

So hieß es wohl, dieses Dorf. Mehr wußte Staszek auch nicht.

»Hat mal einer von euch was von Steve Pollak, dem König der Trompete, gehört?«

»Nein.«

Jedenfalls keiner von uns beiden. Marcell war zu jung, und ich war in dieser Zeit nicht in Paris gewesen.

»Er spielte in dieser kleinen, unbeschreiblich drekkigen Straße zwischen der Place St. Michel und der Rue St. Jacques – wie heißt sie noch? In einem Keller. Und jetzt hat ihn Luzie, seine frühere Frau, vor einiger Zeit dort in dem Nest wieder ausgegraben. Frauen finden dich überall, wenn sie dich suchen«, sagte Staszek. »Ich kannte einmal einen, der nach Israel ging, wo er in einer Höhle hauste und Einsiedler sein wollte, Spinner oder nicht, aber wenn eine Frau das, was sie mit dir verbindet, für Liebe hält, findet sie dich auch unter einem Kessel in der Hölle. Die

Frau also flog nach Kairo, nahm dort ein Taxi – Geld hatte sie jede Menge geerbt, bis zum Rand voll Knete. Jemand hatte ihr in etwa die Gegend genannt, wo der Kerl sein sollte. Und dann mietete sie einen Araber mit Kamel. Er brachte sie zu einem Felsen, wo jener in einer Grabkammer hauste und kiffte. Sie setzte sich dazu und blieb, bis er aufgab und mit ihr zurück nach Recklinghausen ging.

Warum hab' ich das erzählt? Ah, wegen Luzie, seiner Frau. Hätte sie ihn nicht gefunden, wüßte wohl keiner, wo er ist. So gesehen wieder gut.«

Staszek drehte das Fenster hoch.

»Er war für uns alle«, sagte er, »der Größte. Gottvater. Nicht bloß, was die Trompete anging, auch wie dieser verdammte Hund lebte. Seine Frauen waren immer oberste Klasse. Nie sah man ihn Gepäck oder irgend etwas mit sich herumschleppen, keine Spur von irgendwelcher Mühsal oder Anstrengung. Der lebte, als ob er ein fröhliches Spiel spielte. Wie ein Vogel. O Mann, das wollte ich damals auch, nur wußte ich nicht wie.«

Ein Ast lag auf der Straße, und wir mußten ihn wegräumen.

»Zdenek Koziol ist in der Nähe von diesem Kužnice geboren worden. Man hat mir erzählt, daß er da auf einem alten Motorrad, Java Baujahr 35, Eintopfmaschine, über die Felder rast. Er muß über siebzig sein. Aber keiner weiß, warum oder was.«

»Vielleicht ist er auch dauernd besoffen, da kann man leicht über die Felder rasen«, sagte Marcell, womit er nicht recht hatte. Man kann besoffen nicht über die Felder rasen. Marcell war zu jung, um die Tiefen des Motorraddaseins zu kennen.

»Ausgerechnet so ein Drecksnest, ich stelle mir vor, daß du dort mit den Stiefeln bis über die Ohren im Dreck versinkst. Warum nicht Jamaica? Wenn ich Steve Pollak wäre, würde ich in Jamaica trompeten, bis ich ins Grab falle.

Was denkt er den ganzen Tag, trompetet er noch, ist er fröhlich, verflucht? Das muß man doch wissen, oder? Hatte er polnisches Heimweh?

Wo hat er die Java her, die ist heute Gold wert...« Staszek redete vor sich hin und zog an seiner Pfeife. Kalt.

Nachstopfen, anzünden.

Staszeks Jagdfieber, oder was es war, hatte uns noch nicht gepackt. Dies hier war immer noch seine Sache. Und wenn man ganz ehrlich sein will, es interessierte uns nicht besonders.

Marcell saß lieber hinten, weil er da quer pennen konnte. Er war um sechs von Marseille abgeflogen, hatte dann in Paris fünf Stunden warten müssen.

»Was ist denn *Leben pur*?« sagte Staszek und stopfte seine Pfeife nach. »Saufen, huren oder beten, oder was?«

Das Auto war ein Kombi.

»Sicher nicht arbeiten«, murmelte Marcell.

»Er kennt mich natürlich nicht. Als ich ihn das erste Mal mit seiner Trompete hörte, war ich sechzehn. Er spielte in diesem Keller in dieser dreckigen Straße, und ich saß jede Nacht in diesem Loch und schlief dann am Tag. Wenn ich nach Hause ging, wurde es hell. Ich ging Steve nach, wollte wissen, wie er die Nacht beendete. Ich wollte alles über ihn wissen. Wie er lebte, wo er wohnte, was er aß, was für Frauen er hatte, wie lange er schlief. Ich wollte ihm draufkommen, wie man's machte. Leben, ich meine, so leben, daß es sich lohnt. Sie sagen es dir doch nirgends. Nicht zu Haus, nicht in der Schule...«

»Genau so ist das«, sagte Marcell und pennte dabei.

»Die Kohle aus einem Job, der einem Spaß macht, und sich aus der Welt holen, was sie hergibt, das, dachte ich damals, muß es wohl sein...«

Einer überholte uns wie ein Wildschwein.

»Manchmal stand ich einen ganzen Tag vor dem Haus, wo er wohnte. Rue Fontaine au Roi Nummer 12, unten war ein Gemüseladen, von dem Mann wollte ich alles über Steve erfahren, doch er wußte nicht viel.

›Er kommt und geht, kauft Salat, aber Frauen, mon dieu...! Eine davon würde mich für mein ganzes Leben glücklich machen. Meine ist jetzt schon so dick wie kleines Schweinchen, Monsieur, aber was will man machen? An einer Dicken hat man mehr, nicht wahr?‹

Er wohnte mit einem anderen zusammen, der hieß Zbigniew und spielte manchmal, nicht immer, Klarinette und eine wahnsinnige Mundharmonika.

Klar war es nicht ohne Bedeutung für mich, daß

Steve Pollak alias Zdenek Koziol auch Pole war wie ich. In der Fremde ist dir jeder Landsmann schon ein Bruder aus Krakau.

Der andere fiel mir nicht so auf. Ein eher ruhiger Genosse, der nur manchmal im Keller auftauchte, dann auch mal ein paar Tage gar nicht zu sehen war. Im Gegensatz zu Steve soff er anscheinend nicht, jedenfalls sah ich ihn nie torkeln. Steve trank manchmal etwas zu viel.

Der andere lachte auch nicht so laut und so häufig. Es gab etliche Polen zu dieser Zeit in Paris und sehr viele Russen, die meisten waren Taxifahrer. Viele können heute noch nicht Französisch, sind aber seit der Oktoberrevolution dort. Russen sind merkwürdig, du kommst nicht an ihre Seele.«

»Na, und die Polen?«

Marcell redete vielleicht nur, damit Staszek sich mit seinem Monolog nicht so dumm vorkam und den Eindruck hatte, daß wir ihm zuhörten.

»Wir sprachen zu Haus polnisch, meine Mutter hatte sich geweigert, in London Englisch zu lernen, doch Französisch gefiel ihr, und sie hatte es schnell heraus.

Ich kenne niemanden, der so leben möchte wie seine eigenen Eltern. Lachte nicht auch Louis Armstrong immer?«

Marcell murmelte: »Wer?«

»Armstrong.«

»Ja, der lachte immer. Möglicherweise hatte er einen Grund. Wenn ich Louis Armstrong wäre, würde ich auch immer lachen. Nur wäre ich dann schon tot. Das hätte ich nicht so gern. Besser nicht Armstrong sein und nicht lachen, aber dafür noch leben.«

Und pennte weiter.

»Nichts tragen müssen, aber immer die Taschen voll Kohle, das mußte es sein und das, meinte ich damals, hatte Zdenek raus. Immer das Beste zu essen, die grandiosesten Frauen. Und Wein. Den besten Wein der Welt.«

Er schaute nach hinten.

»Marcell, du verfluchter Franzose, sag doch was!«

»Das ist es. Jawohl, DAS IST ES GENAU. Und nicht arbeiten bitte noch dazu.«

»Ich verreise nie mit Gepäck und habe einen Alptraum, der sich mir immer wiederholt: ich bin mit einer Frau unterwegs und kann nicht laufen, weil ich ihre Koffer tragen muß. Wenn man sich nicht bewegen kann und nicht immer die Hände frei hat, das ertrage ich nicht.«

Beinahe hätten wir einen Hund überfahren; Staszek bremste, und Marcell kippte nach vorn.

»Für eines von deren Mädels hätte ich damals drei Jahre meines Lebens gegeben.«

»Ich bin da auch großzügig«, grinste Marcell.

»Später hatte ich auch solche, seit da weiß ich, daß drei Tage reichen. Das Leben ist mehr wert als Frauen.«

»Sag das nicht, du Elender, sie reißen dir die Beine aus der Hose, wenn sie das hören. Chauviniste!« Marcell sah aus, als sei er jetzt wach.

»Wer?«

»Die Frauen.«

Jetzt war es Staszek, der Marcell nicht zuhörte.

»Manches Mal nahmen sie nur eine mit nach oben, manchmal zwei, und ich versuchte mir vorzustellen, wie sie das wohl arrangierten. Wie groß war die Wohnung, nahm sich jeder von ihnen beide vor, teilten sie, tauschten sie – ich wußte damals nichts über das Leben. Das Haus, in dem sie wohnten, war aus der Zeit der Revolution, und ich suchte an der Mauer Blutflecken, wenn ich da herumstand.

Die unteren Stockwerke waren verfallen, die Fenster vernagelt, ich hätte gern gewußt, was dahinter war. Mumifizierte Kurtisanen, Köpfe der Revolution in Ledereimern konserviert.

Ich setzte mich ins Bistro gegenüber und beschloß, daß de Sade dort seine Spiele getrieben hatte.

Das Haus war mit einem großen Tor verschlossen, darin eine kleine Tür, alles aus sehr schwerem Holz. An der Wand stand auf einem fast unlesbaren Namensschild: St. Pollak und Madame Auzou. Das Schild sicherlich aus dem siebzehnten Jahrhundert.

Ich hatte so unendlich viel Zeit, wenn ich dasaß, und ließ den Marquis de Sade ein und aus gehen.

Bald fand ich heraus, daß Madame Auzou eine uralte verschmutzte Frau war, bettelarm und mit drei Katzen. Der Patron sagte, sie hätte das letzte Mal während der Revolution gebadet, weil ein Soldat sie in einen Kübel Wasser steckte, bevor er sie oh, là, là... Sie wissen schon, und da schüttelte er seine linke

Hand über der Schürze aus und sog die Luft mit einem Pfeifen ein.

Jetzt sei ihre Wohnung, ein Zimmer, ein solches Mülloch, daß die Katzen nur noch zum Fressen reingingen. Wenn sie anderswo kein Futter fänden. Man sage, sie habe noch unter Napoleon... aber das sei wohl übertrieben...«

Marcell suchte in seinem Gepäck herum.

»Es gab nicht einmal Wasser in dem Haus. Sie mußte es sich unten beim Gemüsehändler holen. ›Und was ist mit dem Klo, Monsieur? Na, das möchte ich aber nicht wissen.‹ Später ließen Zdenek und Zbigniew ein Wasserrohr nach oben verlegen.«

Staszek spielte hier wie in einem Einmanntheater mit Rede und Antwort vor sich hin.

»Wer?« fragte Marcell.

»Zdenek und Zbigniew. Die beiden pennten bis elf, kamen dann meist zu dritt oder viert heraus, frühstückten oft in dem Bistro, in dem ich saß, für mich eine Freude, denn dann konnte ich hören, was sie so redeten. Sie waren immer lustig, hatten meist ein oder zwei, einmal sogar drei Frauen dabei, das machte mich wahnsinnig, ich war ja erst sechzehn.

Manchmal gingen sie einkaufen, Fische, Brot, Käse, Wein und verschwanden wieder im Haus, mit oder ohne Frauen. Manche Tage verbrachten sie in den Cafés mit Kumpanen, und es wurde immer gelacht.

Am lustigsten war Zdenek. Ob er noch lacht, in seinem gottverdammten Dorf?«

»Er lacht noch«, sagte Marcell, »weil Louis Armstrong auch... natürlich lacht er noch, Lachen vergeht nicht.«

»Einmal sagte mir dann einer, Steve und sein Freund würden den September in St.-Tropez verbringen. Ich wartete an dem Tag, an dem sie abreisen sollten, mit meiner Tasche vor ihrem Haus und ging ihnen nach. Klar – keine feine Art, aber manches tut man, ohne lang zu überlegen...«

Marcell schnarchte schon wieder, aber auf der Straße lag eine Holzkiste, so daß Staszek plötzlich ausweichen mußte, und dabei rutschte Marcell über den Sitz und wachte auf.

Staszek redete dann nicht mehr. Er stopfte sich seine Pfeife und rauchte nur noch. Mahorka. Keiner raucht heute noch Mahorka, nicht einmal in Polen. Und er hier, Staszek, raucht Mahorka. Er reichte mir die Tabakdose herüber, eine alte, abgewetzte, runde Blechdose, glatt wie ein Spiegel, und sagte: »Von meinem Großvater. Drei Leben alt.«

Mahorka war für mich Heimat, ich war in einer Großfamilie aufgewachsen, neun Personen in einer Küche und einer unbeheizbaren Schlafkammer, die Wände im Winter vereist und nur in der Küche ein Ofen. Ich wurde im Mahorkarauch geboren, mein Großvater rauchte das Teufelszeug und davon nur den Abfall, die Strünke, weil die nicht viel kosteten. Keine Minute am Tag ohne die Pfeife, und alles roch danach, ich bin mit Mahorka gebeizt wie ein geräucherter Hecht. Mahorka, Knoblauch, Zwiebeln – das reicht für lebenslanges Heimweh. An dem Heimweh kannst du krepieren, chłowiek.*

»Sie gingen zum Bahnhof, lösten zwei Karten nach Nizza, ich, hinter ihnen, löste gleichfalls meine Karte, aber sie nahmen mich nicht zur Kenntnis. Ich traute mich dann nicht, mit ihnen ins gleiche Abteil zu steigen. In Nizza ging ich ihnen wieder nach. Sie verschwanden in einem großen Hotel und fuhren später mit einer Überfrau in einem Auto Richtung St.-Tropez. Ich kannte ihr Ziel und konnte also per Anhalter hinterher fahren, nur, als ich ankam, fand ich sie nicht. Ich wußte nicht, ob sie schon da waren oder nicht, und war ziemlich bedrückt.«

Schon seit einer ganzen Weile standen da keine Häuser mehr an der Straße.

»Ich sagte mir, gut wenn nicht, dann bin ich wenigstens hier, mit oder ohne sie, Saint ›Trop‹ war damals das Paradies schlechthin für uns, und das zu Recht.

Im Hafen standen nicht mehr als zwei, drei Autos. Alle mit einem Bündel Strafzetteln an der Scheibe, an denen du erkennen konntest, daß sie schon seit Monaten da parkten. Luxuskisten, Porsches, Lancias, Yachtbesitzer hatten sie einfach stehengelassen.

Oder war es das, was ich mir unter Leben vorstellte? Einen Luxusschlitten in einem Hafen stehenlassen und sich nicht mehr danach umsehen.

Ich hatte keine Spur von einer Vorstellung von

* Mensch

dem, was ich meinte. St.-Tropez war ein Nest, und es gab wenig Leute da. Ich fand eine Bude in einem kleinen Hotel, der Eigentümer war ein Weißrusse. Ich brauchte nicht viel zu bezahlen. Er liebte Polen, ich weiß nicht mehr, warum, vielleicht hatte ihm einer mal das Leben gerettet.

Etwa am vierten Tag saß ich im Hafen und beobachtete einen Angler, da kamen sie mit diesem Auto und dieser Wahnsinnsfrau. Sie stiegen aus, streckten sich, tänzelten fröhlich herum und gingen in ein Restaurant am Hafen, ließen sich ein Festmahl auftischen und waren lustig wie die Jakobiner zu Ostern, doch dann stieg die Frau wieder ein und hatte es offensichtlich sehr eilig. Und nun holte Steve seine verdammte Trompete heraus und spielte ihr einen Abschiedsblues, Jungs, so habe ich ihn noch nie zuvor gehört. Es dauerte keine zehn Minuten, da standen wohl alle Einwohner von St.-Tropez um ihn herum. Und es dauerte keine zwanzig Minuten, da kam einer von einer Yacht herunter, setzte sich mit den beiden an den Tisch – die Frau war weg – und fing wohl an zu verhandeln.

Sie packten bald ihre zwei Klamotten zusammen, jener legte einen großen Geldschein auf den Tisch, bezahlte die Rechnung, und dann folgten sie ihm auf die Yacht. Luxuspott, klar, ich hatte bis da so was noch nicht gesehen.

Just meinte ich, daß es das war, was ich meinte: Du kommst wo hin, und alles läuft von selbst. Du brauchst nichts zu tragen und bist der König. Voilà!

Danach sah ich erst einmal nichts mehr von ihnen, wartete viel im Hafen, sah die Yacht auch draußen herumschaukeln und hörte ferne Musik. Dann gab ich das Warten und Suchen auf, ich hatte mich selbst eingerichtet. Hatte meine Kneipen und Kumpane und lag tagsüber am ›Tahiti‹, erlernte dort das fröhliche Saufen, und immer war da jemand, der bezahlte – das alles gefiel mir schon sehr gut für den Anfang, die Richtung konnte so bleiben.

Fast meine ich heute, ich hatte die beiden Kameraden schon vergessen. Aber dann lag eines Tages etwa einen Kilometer draußen vor dem Strand eine Yacht, und wie sich später zeigte, war es ›jene‹. Wir lagen da nackt herum, hatten einen freundlichen Rausch in den Seelen. Etwa fünf Jungs und drei Mädchen, leider gehörte keine zu mir. Da kam ein Kerl von der Yacht herübergerudert und meinte, wenn wir Mädels mitbrächten, könnten wir rüberkommen, es gäbe ein Fest. Man hörte ferne Musik, sie spielten Dixie.

Klar waren wir sofort dabei, nur durften bloß zwei von uns Jungs mitkommen. Also drängte ich mich vor und schwamm los.

Ich hatte in meinem Suff vergessen, eine Badehose anzulegen, und man lieh mir auf dem Pott ein Handtuch, weil auf Ordnung schienen sie Wert zu legen.

Den Mädels hängte man prophylaktisch irgendwelche Fetzen um, auch sie waren nackt, ich weiß nicht, warum.

Was da laufen sollte, konnte man sich denken, nun denn! Mir war es egal, zu mir gehörte ja keines der

Mädels. Ich sah nur, daß Steve Pollak da spielte, nein! ICH HÖRTE ES. Sah dann, daß Zbigniew und drei andere Typen dazugehörten, Dixie von der feinsten Art, die Jungens schienen schon einen kleinen auf der Lampe zu haben. Ich war vom Schwimmen wieder nüchtern, besoff mich aber sofort wieder vor Freude, Steve endlich wiedergefunden zu haben.

Es gab Unmengen zu trinken und zu essen, wie bei einer arabischen Hochzeit. Im Suff traute ich mich und gab mich Steve als Landsmann zu erkennen. Was ihn nicht beeindruckte. Pole hin oder Pole her, was macht das aus. Aber bald verbrüderten wir uns, denn er war wohl auch besoffen, und wir schlossen Freundschaft auf vierzig Jahre oder bis Polen untergeht.«

»Polen geht nicht unter«, feixte Marcell, die ganze Geschichte schien ihn nicht besonders zu interessieren.

»Was danach war, weiß ich nicht mehr, ich weiß dann erst wieder, wie es weiterging, als ich mich im Wasser wiederfand und zum Strand zurückschwamm. Die Yacht hatte den Anker eingeholt und verschwand am Horizont, und das war das letzte Mal, daß ich Zdenek gesehen hatte.«

Marcell drehte sich auf seinem Hintersitz herum.

»Auf dem Schiff war noch ein Pole gewesen. Leszek, ein Matrose, den sie in Marseille angeheuert hatten, glaube ich. Mir kam es damals vor, als bestünde die ganze Welt nur aus Polen. Wer nicht dumm war, hatte das Land verlassen.«

Er schaltete das Radio an und wieder aus.

»Er kam nicht mehr nach Paris zurück, und der Jazz ist dort nicht mehr das, was er einst war.

Jemand erzählte später, er habe ihn in Nizza oder Cannes in einem großen Hotel spielen gehört.«

Marcell fragte: »Wie hieß er noch?«

»Wer?«

»Der Trompeter.«

»Steve Pollak.«

Ein BMW überholte bekotzt und drängte uns fast in den Graben. Staszek schaltete von neuem das Radio an und wieder aus.

»Einer sagte, du kannst das Leben nur so lange ertragen, solange du es nicht begreifst. Das kann es nicht sein. Es muß eine Stufe danach geben, wo du erst DANN leben kannst, wenn du das Leben begriffen hast.«

»Hör doch auf, Junge!« sagte Marcell und schaute aus dem Fenster, und Staszek hörte auf.

Die Pfeife war ihm ausgegangen.

»Da wirst du geboren, sie sagen, sie ›schenken dir das Leben‹, dabei schenken sie dir den Tod. Denn daß einer leben wird, ist nicht sicher, aber daß einer sterben wird, DAS ist sicher.«

Wir waren jetzt eine Stunde unterwegs. Staszek fuhr langsam, wir wollten heute nur bis Bratislava.

»Jemand hat ihn vor fünf Jahren in einer Bank in Genf getroffen. Hat ihn gefragt, was er da mache.

Er habe nur gegrinst und gesagt ›Geld‹, habe sich umgedreht und sei gegangen.«

»Wen?«

»Zdenek.«

»Du sagst doch, er lebe dort in diesem Nest, was macht er dann in Genf?«

»Das will ich eben wissen.«

Wir tankten noch einmal vor der Grenze.

»Einer von unseren Kumpanen erzählte mir vor einem Jahr, daß Zdenek zeitweilig in Paris auftaucht und in der gleichen Bude wohnt, die er damals schon hatte. Er sagte, das Haus habe der alten Madame gehört, und sie habe an den beiden Polen einen Narren gefressen und es ihnen vererbt. Ich habe später noch einmal nachgeschaut, an der Wand steht kein Name mehr, und die kleine Tür im Tor ist mit einem Brett zugenagelt. Der Gemüsemann unten ist der Sohn des früheren Gemüsehändlers, und er sagt, man habe die alte Madame mumifiziert gefunden, nachdem irgendwer sie gesucht habe. Einen Polen kenne er nicht. Manchmal tauche ein alter Mann auf und wohne eine Weile in dem Haus. Man sage, er sei der Eigentümer. Wie er aussehe? Weltmännisch gekleidet, aber sehr fremd, irgendwie sehr fremd... wie ein Russe, Monsieur.«

Staszeks Eltern waren im Krieg nach London geflüchtet und nach dem Krieg nach Paris gezogen.

Er war noch in Polen geboren und studierte dann in Paris. Er drehte seine Filme gern in Polen, der Kosten wegen, aus Heimweh vielleicht, und weil er Devisen ins Land brachte, standen ihm die Grenzen problemlos offen, er hatte sogar zwei Pässe.

Wir hatten die Wiener Umgebung hinter uns gelassen, und das Land sah leer aus. Keine Menschen, keine Häuser, kaum Verkehr.

»Als Zdeneks Frau bei ihm auftauchte, soll er mit dem Vorwand, pinkeln zu müssen, nach draußen gegangen sein. Dann hat er angeblich sein Motorrad vorsichtig außer Hörweite geschoben und ist entflohen. Über die Felder, wo sie ihn mit dem Auto nicht verfolgen konnte, und kam erst zurück, als er sie wegfahren sah. Einer sagte, er habe dort in den Wäldern im Krieg als Partisan gekämpft; er kenne sich da so aus, daß ihn keiner fände. Zudem konnte die Frau nicht Polnisch. Sie ist dann wieder weggefahren.

Vielleicht fahren wir auch umsonst hin. Wenn er niemanden sehen will, ist das so in Ordnung. Dann gehen wir selbstverständlich wieder weg.

Aber was heißt schon umsonst? Wir werden dann wissen, daß er niemanden sehen will, das ist auch etwas. Wir wissen dann, daß einer, der so gelebt hat, am Ende keinen sehen will.«

Das Auto war vollgeladen bis obenhin.

Ich war einen Tag früher nach Wien gefahren. Wir beide, Staszek und ich, hatten eine Leidenschaft: dann und wann ein seliges Freß- und Saufgelage zu feiern. Und das konnten wir gut in Wien zelebrieren. Das ist gut für die Seele.

Staszek hatte für die Reise zwei Kartons famosen Weins geladen. Zwar würde er auf der Fahrt arg durchgeschüttelt werden, aber vielleicht brächte er uns auch eine kleine Sternstunde.

Staszek suchte inzwischen wieder einmal im Radio nach polnischen Sendern, bekam aber keinen, und wenn ja, dann nur gestört. Heimweh?

Staszek hatte nicht lange in Polen gelebt.

Polen ist ein Heimwehland.

Die Landschaft wurde immer öder, jedes Grenzland ist öde, keiner siedelt sich da gern an, weil es immer hin und her geht. Einmal gehörst du zu den einen, dann schlagen dich die anderen tot. Dann gehörst du zu den anderen, und immer so weiter.

Mai. Es war noch nicht sehr warm. Wir überquerten die Grenze bei Wolfsthal. Was für ein elendes Gebäude war doch dieses Zollhaus! Wir hatten keine Schwierigkeiten, mußten ein paarmal durch die drekkigen Büros laufen, während Staszek beim Auto blieb, und kamen gegen acht Uhr in Bratislava an. Für ein Ostland war hier viel zuviel Verkehr, und die Luft war noch schlechter als in Madrid oder Mexico City, wo die Luftverpestung bekanntlich so schlimm wie nirgends sonst in der Welt ist. Jetzt hatte Bratislava offenbar die Führung in Sachen Luftdreck erreicht. Als sei das Benzin hier zehnmal giftiger.

»Ist es auch«, sagte Staszek, als hätte jemand davon geredet.

Im Laufe der Jahre war es zwischen uns so, daß dann und wann schon einmal einer eine Antwort auf etwas gab, was der andere nur GEDACHT hatte.

»Ganz einfacher Vorgang«, sagte Staszek. »Was einer denkt, steht im Raum. Man sollte vorsichtig mit dem sein, was man denkt. Man kann aber auch viel damit anfangen, wenn man es weiß. Du kannst Gespräche führen, ohne etwas zu sagen. Du kannst Leute hinausekeln. Oder kannst eine Dame küssen, ohne sie zu berühren, und sie spürt das. Kann ich schwören…«

Marcell war jetzt hellwach und erzählte eine Geschichte, die einer erlebt hatte, mit dem er einen Film in Bombay drehte und der lange in Tibet gelebt hatte.

»Er war mit einem Tibetaner unterwegs zu einem Mönch, der oben in den Bergen lebte. Und unterwegs redete sein Begleiter immer mit jemandem, der gar nicht anwesend war. Eine vernünftige Rede über irgendein Thema. Und als sie oben ankamen, führte er mit dem Einsiedler dort dieses Gespräch nahtlos weiter. Danach befragt, hätten beide nur gelacht. Normal, sagten sie, das sei so.«

*

In Bratislava gab es zwei Hotels, eines im Stadtkern, das andere abgelegen. Wir versuchten, im Stadthotel unterzukommen, um im Zentrum herumzustreichen. Ein Betonblock mit einer Bahnsteigstimmung. Es gab natürlich keine Zimmer mehr, aber über eine kleine Dollarinvestition dann doch, dritte Etage.

»Der Sozialismus funktioniert am besten über das Kapital.« Staszek stopfte seine Pfeife, zog den Rauch ein und blies ihn nach oben in die Luft. Der Fahrstuhl funktionierte wohl, aber eine Schlange von Leuten machte es aussichtslos, einmal dranzukommen, was waren schon drei Etagen!

Wir gingen zu Fuß auf die zwei Zimmer für uns drei. Sie waren noch nicht saubergemacht. Marcell wollte sich duschen, aber es lief kein Wasser.

Staszek versuchte erst gar nicht, sich zu duschen.

»Polen und Tschechen duschen sich nicht«, sagte er, »sie werden nach der Geburt geduscht, und das hält.«

»Wasser nur von zwanzig bis dreiundzwanzig Uhr.«

»Demnach höchstens bis halb neun«, sagte Staszek, »weil sie schon alle darauf warten, alle Hähne aufdrehen, auch noch Bekannte zum Baden mitbringen, und schon ist der Kessel leer.«

Also gingen wir wieder nach unten und wanderten durch die großen Hotelräume. Im kleineren Saal waren in einem Tresen unter Glas Speisen ausgestellt, die aussahen, als seien sie zum Verzehr nicht geeignet. Leute gingen vorbei und ekelten sich, was man an den Gesichtern sah. Gezahlt wurde mit Devisen. Tschechen, die vorbeikamen, schauten hungrig auf diesen Abfall. Es gab noch einen anderen Restaurationsraum, wo in Landeswährung gezahlt werden konnte. Ein paar Mädels saßen da bei Limonade oder Bier oder was auch immer, junge Männer gingen durch, an den Tischen vorbei und wieder hinaus oder setzten sich dazu. Alles war unendlich traurig und armselig und zum Weinen.

»Wir waren in Paris alle begeisterte Kommunisten«, sagte Staszek. »Es kommt einem vor, als sei jeder Franzose ein Kommunist.«

»Ist er auch«, sagte Marcell. »Kennt ihr die Geschichte mit Rothschild? Ein Mann überfiel Rothschild und verlangte, daß er sein Geld unter allen Franzosen aufteilen würde. Rothschild fragte ihn, wie viele Franzosen es gäbe, rechnete kurz nach und sagte: dann kommen auf jeden fünf Francs – hier hast du deinen Anteil.«

Den kannten wir schon.

Ein paar Leute hatten unser Westauto umstellt und warteten auf uns. »Doller, Deutschenmarke?«

Sie flüsterten uns den Kurs zu. Staszek tauschte bei einem ärmlich gekleideten, ängstlichen alten Mann, der abseits stand und nur Zeichen mit den Augen machte, und gab ihm mehr, als er wollte. Staszek suchte die Leute nach ihrem Gesicht aus.

»Ich zeig' euch mal was«, sagte er dann und schlenderte über den Platz. Die Stimmung hier war wie im letzten Krieg; die Leute liefen herum, als wüßten sie nicht, was in der nächsten Minute passieren würde, aber als seien sie auf das Schlimmste gefaßt.

Unter einer Arkade stand eine sehr müde alte Frau und bot ein paar Wiesenblumen zum Verkauf an.

Staszek stellte sich so vor ihr auf, daß man nicht sah, wie er ihre Hand nahm, ein Bündel Geldscheine hineinlegte und dann die Hand wieder schloß. Die Alte schien nicht zu wissen, was ihr da geschah. Dann stutzte sie, ließ die Hand unter der Schürze verschwinden, schaute sich um, wackelte mit dem Kopf, packte die Blumen sorgfältig zusammen und humpelte unendlich glücklich und mit Tränen davon.

»Man muß viele kleine Glücksfeuer anzünden, das macht diese verfluchte Welt ein wenig heller. Wir können dann besser leben«, sagte Staszek. »Sie kann davon ein ganzes Jahr leben und denkt sicher, der liebe Gott habe es ihr gegeben, und vergißt diesen Tag nie. Sie darf nie erfahren, daß Gott nicht gut ist.«

»Ist er aber doch«, sagte Marcell, »sonst hätte er ihr ja das Geld nicht gegeben.«

Staszek lachte. »Ha! ZUERST war die Not, und die schuf ER. Erst DANACH komme ich und arbeite gegen seinen Plan. Da er allmächtig ist und allwissend und, was er tut, auch so tun WILL, sonst würde er es ja nicht tun – ich hoffe doch, daß er einen freien Willen hat und voll bei Verstand ist und weiß, was er tut. Also schafft ER das Elend bei vollem Verstand und mit Absicht. Was sagt ihr jetzt? Na? Ihr Dummköpfe?«

Wir sagten nichts. Das mußte erst überdacht werden.

»Ich bringe das, was er versaut hat, ein kleines bißchen in Ordnung und störe damit sein Werk. Er wird mich dafür strafen. So, wie wir ihn kennen.«

»Was redest du da?« knurrte Marcell, aber es war nicht klar, ob er wirklich anders dachte.

»Oder will einer sagen, die Welt sei ein Meisterwerk? Von einem geschaffen, der dazu fähig war?«

Nein. Keiner von uns wollte das sagen.

Wir ließen ihn vorlaufen, was er auch gern tat; das war ein Thema, das zu keinem Ende führt.

Darüber zu reden endet im Urwald.

Marcell und ich tauschten dann auch ein Paket

Geld ein und verteilten so hier und da ein kleines Bündelchen. Für uns war es nicht viel, aber wenn du es getan hast, weißt du, was Staszek damit meinte. Er hatte recht, nachher fühlst du dich verdammt besser.

Wir fragten einen älteren Mann, wo man hier essen könne. Er verstand etwas Polnisch, mehr Österreichisch oder Deutsch und führte uns in ein Gasthaus. Hinterzimmer. Wir luden ihn ein, natürlich. Er durfte essen und trinken, was er wollte, keiner von uns hatte bis da einen so glücklichen Gast gehabt. Was für ein frohes Essen.

Wir aßen Gans mit böhmischen Knödeln, und das Bier war auch in Ordnung.

Der Mann erzählte, daß er vor dem Krieg geboren war, »bei Prag, aber dann wurden wir hierher transportiert.« Er lebte allein, seine Frau war gestorben, Kinder zwei, er wisse nicht, wo sie lebten, nur daß ein Sohn geschieden sei. Er wohne bei einer alten Frau, die ein kleines Häuschen habe, er halte das Haus etwas in Ordnung, dafür brauche er keine Miete zahlen. Das letzte Mal habe er bei der Beerdigung seiner Frau so gut gegessen, jemand habe ihn zum Trost so bewirtet, nur habe er keinen Bissen hinuntergebracht, zehn Jahre sei das her, also habe er da auch nicht gegessen.

Beim Abschied gaben wir ihm noch etwas Geld. Als er vor Freude weinte, konnten wir es nicht ertragen und haben nie davon geredet.

Dann im Hotel liefen die Leute herum, als ob sie etwas suchten, was sie nie finden würden.

Ein paar ärmlich aufgeputzte Tschechinnen an der Bar konnte man für etwas Geld mit aufs Zimmer nehmen. Sie rauchten alle sehr viel und rochen nach billigem russischem Parfüm. ›Krasnaja Moskwa.‹

Die Kellner versuchten weltmännisch aufzutreten und ließen es sich ansehen, daß hier ohne sie nichts ging. Es gab sogar Entenbraten, man mußte nur den Weg finden. »So, stellten die Kellner sich vor, war die Haltung einst in der Weltstadt Prag.« Staszek zeigte mit dem Kopf auf einen, der dastand wie ein General. Herr und Richter über Sein oder Nichtsein, Schnaps oder Nichtschnaps und was auch immer.

Wo sie wollten, waren sie pampig und scheuchten Tschechen, die ihnen zu ärmlich aussahen, aus dem Hotel. Für zwei Dollar Trinkgeld beschaffte einem jeder hier im Hotel fast alles, vom Callgirl jeder Klasse bis zum französischen Kognak. Jeder Klasse. Tschechischer Klasse.

Jetzt war das Zimmer endlich dürftig aufgeräumt. Warmes Wasser lief längst nicht mehr, Mitternacht war vorbei. Das kalte Wasser lief spärlich. Ein Pole oder Tscheche duscht sich aber nicht.

*

»Am besten, wir fahren ohne anzuhalten durch bis Krakau«, sagte Staszek bei dem lausigen, ungenießbaren Frühstück.

Unser Benzin reichte noch weit, und wir fuhren los. Wir waren etwas gedrückt, das Land machte einen unglücklich, egal, wie weit man davon selbst betroffen war, es reichte, daß es so etwas überhaupt gab auf der Welt.

Als vor uns auf der Landstraße ein alter Mann ging, hielt Staszek an, um ihn mitzunehmen.

»Aber nein, aber nein«, sagte er und sprach Deutsch wie ein Tscheche Deutsch spricht, stieg dann aber auf unser Drängen doch ein. Ein fröhlicher Mann. Er mochte achtzig sein, hatte nur einen Zahn, eine armselige Tasche unter dem Arm, eine alte Jacke und zerrissene Schuhe. »War im Krieg«, sagte er. »Vierzehn-achtzehn und Zweiter Weltkrieg genauso, hab dorten Deitsch gelernt, jaja.«

Wie weit er laufen müsse?

»Nicht weit, zähn Kilometer.«

Wie alt er sei.

»Ungefähr achtzig, neinzig, aber hibsch gesund.« Staszek holte ein Hemd aus einem Koffer und wollte es dem alten Mann schenken.

»Nein, lassen Sie, Herr, ich habe Hemd. Zwei, daß Sie das genau möchten wissen. Eins hier...« – er machte seine Jacke auf –, »... eins zu Haus. Mehr wie der Mensch braucht.«

Schuhe habe er auch. Sein Bruder sei Schuster, und für den Fall, daß er keine mehr hätte, könne er auch zu seinem Bruder fahren, der wohnte in Brno.

»Gibt ja nicht mehr viel Leder auf der Welt, aber mein Bruder wird was haben, der is nicht dumm, hat niemals geheiratet beispielsweise. Hatte schon als junger Mensch mehr als hundert Kunden. Sehn Sie, wer kann das von sich sagen? Jaja.«

Tausend Falten, roch nach Ziegenstall und war unzerstörbar. Wer kann DAS von sich sagen?

Staszek fragte ihn, ob er glücklich sei.

»Glücklich? Was is das Wort, kenn' ich nicht.«

Damit war die Frage erledigt, und Staszek fragte nicht weiter danach. Vielleicht hätte der Alte das tschechische Wort verstanden, oder es lag an dem Wort an sich. Also versuchte es Staszek anders herum: »Wie gefällt es Ihnen hier?«

»Wo? Tschechoslowakei?«

»In der Welt.«

»War ich noch nich. War am weitesten Wien, Linz, Brno, Prag, Ende. Kann ich nich sagen, wie gefällt.«

Da gab Staszek es auf.

»Zwei Kriege ieberlebt«, sagte der Alte dann und beantwortete damit selbst Staszeks Fragen, »immer gesund, wie ich von Krieg kam, war meine Frau weggegangen, ich habe ihr nich weiter gesucht, denn fier was?

Und die Kommunisten, die Kommunisten, man wird sie auch überleben. Immer überleben, kein Mal tot, mehr brauch der Mensch nich verlangen.«

Sagte der Alte und drückte dabei das Brot, das er bei sich hatte, wie eine Braut an sich.

Ob er eine Flasche Schnaps haben wolle, fragte Staszek.

»Schnaps? Wodka is fier dem gut, wem es schlecht geht, daß er vergessen kann, wie es ihm schlecht geht. Mir geht nich schlecht. Einmal ging mir schlecht. Ein Granatsplitter hat mich getroffen, und das waren zuviel Schmerzen, da hätt' ich ein Schnäpslein gebräucht. Jetzt nich mehr.«

»Was essen Sie so den ganzen Tag?« fragte Staszek, immer auf der Suche, herauszufinden, wie man leben soll.

»Essen? Essen? Hier sehen Sie, ich habe Brot. Ich bin gebürtig von Vizovice. Brauch' ich Brot, geh' ich nach Vizovice, dort ist meine Schwester, sie gibt mir Brot. Brauch' ich Kartoffeln, dreh' ich mich bloß um, sie wachsen mir im Garten. Dazu Gemüse, Gemüse von mancher Sorte, in Hülle und Fülle kann man sagen.«

»Und rauchen? Rauchen?«

»Ja, bissel Tabak könnt' ich mir wünschen...«

Marcell suchte hinten ein Päckchen Tabak aus einem Karton.

»Zwei, gib ihm zwei«, sagte Staszek.

Der Alte lachte mit allen Runzeln und einem Zahn.

»Zwei is vielleicht zuviel...«

Nein, nein, wir drängten es ihm auf.

»Bin angekommen«, sagte er schließlich. Er wollte nicht vor seine Hütte gefahren werden.

Wir zwangen ihm ein paar Konservendosen auf, als er ausstieg, und fuhren schnell davon, bevor er sie zurückgeben konnte. Wir redeten dann nichts mehr bis zur nächsten Grenze.

Beim Zoll kannte man Staszek, und wir konnten verhältnismäßig leicht passieren, mußten nur etwa eine Viertelstunde herumstehen, während die Milizen Däumchen drehten und rauchten und die Leute schikanierten und warten ließen. Man hatte Staszek bei zahlreichen Interviews im Fernsehen gesehen, er war der Vorzeigeregisseur, Pole und in Paris ein As, und wenn man dich im Fernsehen sieht, dann bist du dort König. Woanders auch, natürlich woanders auch. ›Die kleinen Stationen sind stolz darauf, wenn sie den D-Zug kennen, der bei ihnen vorbeifährt.‹ Aber dann kamen ein paar verlumpte Waldarbeiter, die offensichtlich zwischen den Grenzbäumen im Niemandsland gearbeitet hatten. Einer von ihnen barfuß, mit aufgeschundenen Füßen. Sie hatten armselige Taschen bei sich mit einer leeren Flasche, wohl für Wasser, einem Blechtopf und zusammengefaltetem Packpapier, in das sie ihr Brot eingewickelt hatten und das sie wieder mit nach Hause zurücknahmen. Denn Papier war kostbar.

Sie mußten alles das auf dem Tisch ausbreiten, und der Zöllner faßte es mit erkennbarem Ekel an, um es umzustülpen und zu kontrollieren. Visagen wie die Henker, die Milizen.

Die Arbeiter hielten sich nach der Schufterei im Wald nur mühsam auf den Beinen. Als sich einer an den Tisch lehnte, stieß ihn der Uniformierte brutal weg, daß er strauchelte.

»Hier nicht auflümmeln!«

Und sie ließen sie warten und warten und warten, fertigten sie nicht ab. Einer hatte ein paar verrostete Nägel und Bindfaden in der Tasche, und man filzte ihn, ließ ihn die Jacke ausziehen, sich an die Seite stellen, schickte ihn von einem Büro ins andere und hieß ihn wieder warten, bis man dann den Bindfaden und die Nägel angewidert in einen Karton warf, der als Abfallbehälter benutzt wurde. Also konfiszierte.

Staszek wurde blaurot vor Wut, wir anderen nicht weniger. Wir wußten aber, daß uns ein Einschreiten den Inhalt des Autos kosten konnte und daß man uns die Einreise verweigern würde. Und die Situation der Arbeiter wäre nur noch schlimmer geworden.

*

Wir ließen Krakau rechts liegen und Czenstochau links und redeten auf der ganzen Fahrt kaum ein Wort.

Was für ein Zorn auf diese verfluchten Kerle!

Galle staute sich auf.

Staszek hatte sich auf der Karte in etwa die Gegend angezeichnet, wo Kuźnice liegen sollte. Da war ein Fluß, die Pilica, wir fragten immer wieder einmal herum, und dann erkundigten wir uns bei einem Jungen von etwa zwölf Jahren nach dem Weg. Er war barfuß, trug ein zerrissenes Hemd und eine Hose, die zuvor offensichtlich sein Vater hundert Jahre getragen hatte, und dessen Vater einhundert Jahre und dessen Vater und dann so weiter bis zum Anfang der Welt.

Hundert-Jahre-polnische-Hosen.

Der Rest der Hose jetzt zusammengenäht und wieder geflickt, zusammengehalten von einem Riemen, das sieht man auf der ganzen Welt in keinem Museum, was für ein Roman von einer polnischen Hose!

»Ich zeig euch, wo«, sagte der Junge, »Kuźnice ist Grodziska«, was auch immer das bedeuten sollte.

Er drängte sich sofort ins Auto, glücklich wie eine Lerche in der Luft, und befühlte vorsichtig das Armaturenbrett und die Polster und sagte: »Schön.«

Dann wies er uns auf einen Feldweg, noch einen anderen, dann weiter immer so in der Runde herum, so daß wir bald merken mußten, er ließ sich hier selig durch die Gegend kutschieren. Das Dorf lag längst in Sichtweite, keinen Kilometer entfernt, aber er führte uns rundherum.

Staszek hat viel Spaß an solchen polnischen Schlitzohrigkeiten; er grinste und sagte auf französisch: »Dem bereiten wir den schönsten Tag seines Lebens und fahren ihn heut durch ganz Polen.«

Also gut, fuhren wir ihn herum. Staszek wurde immer fröhlicher: »Das vergißt er sein ganzes Leben nicht, wie er ein paar dumme Ausländer mit seinem polnisch-scharfen Verstand leimen konnte.«

Und machte noch ein paar Umwege zusätzlich. Manchmal streiften wir das Dorf bedenklich nah, waren fünfhundert Meter vom nächsten Haus weg, dann drehte Staszek wieder ab. Kleine Freudenfeuer anzünden.

Wir hielten irgendwo auf dem Feld an, packten unseren Proviant aus und ließen den kleinen Banditen nach Belieben sich den Bauch vollschlagen. Was für ein Tag!

Marcell erzählte unterdessen, wie er mit einem Team in Mexiko in einer abgelegenen Gegend einen fröhlichen Alten nach dem Weg zu einem Ort fragte und der genau wie dieser hier sich anbot, sie hinzuführen. Er zog sie da lang und da lang, eine Stunde, zwei Stunden, bis sie in ein Dorf kamen. Dort stieg er aus und lachte und stellte den Leuten seine guten Freunde mit dem Auto vor, die ihn nach Hause gebracht hätten, und ehe sie sich's versahen, wurde ein Festmahl vorbereitet.

»Hühner und zwei Leguane wurden geschlachtet, Tequila aufgetischt, und wir voller Wut im Bauch hätten ihn gern windelweich geprügelt. Nach dem zehnten Tequila sah dann alles ganz anders aus.

Die Dorfmusikanten spielten auf, und nie habe ich eine so schöne Nacht erlebt wie da im Urwald.«

»Sternstunde?« fragte Staszek.

»Sternstunde«, sagte Marcell.

»Natürlich war es nicht der Ort, den wir gesucht hatten, der lag genau entgegengesetzt. Eine ganze halbe Tagesreise in die andere Richtung. Diese verdammten kleinen Schurken.«

Aber dieses Dorf war dann doch Kuźnice, der Ort, den wir gesucht hatten. In seiner vollen polnischen Pracht.

Lehm bis an die Knie, wenn es geregnet hätte, hatte es aber nicht, also nur gewöhnlicher Dreck. Da waren etwa vierzehn Häuser, gebaut aus Lehm und Steinen und oben aus Holz. Nicht einmal Schweine liefen auf der Straße herum, wie man es von einem polnischen Dorf verlangen konnte, was aber wohl mit der politischen Situation zu tun hatte. Staszek gab unserem Jungen ein Hemd, auch wenn es viel zu groß war.

»Er wird es wieder hundert Jahre tragen, hundert Jahre sein Sohn, hundert Jahre dessen Sohn, bis Polen verfault, und weil Polen nie verfault, wird er es bis zum Jüngsten Gericht tragen, aber es wird nach einem Jahr schon so aussehen, als läge das Jüngste Gericht weit zurück.«

Der Junge stopfte es schnell in die Hose und rannte wie ein Hase davon über die Felder, als würde es ihm einer rauben wollen.

*

Wir hielten auf der lehmigen Straße inmitten der vierzehn Häuser und suchten uns auf der Straße die Stellen aus, die begehbar waren. Es gab sie.

Also ein polnisches Dorf mit höchstem Comfort.

Die Dächer waren mit Stroh gedeckt, manche mit Schindeln, die Mauern waren weiß gekalkt, eines war mit Zeichen und Linien angemalt. Blaue Schlangenlinien und Blumen. An manchen Häusern waren auch die Holzteile gekalkt. Rings um jedes Haus waren Anbauten für Hühner, Schweine und Latrinen, deren Gestank sich mit dem Strohgeruch der Dächer und dem Geruch des Kalks, des Hühnerdrecks vermischte. Die Hühner liefen hier frei herum, das fiel auf. Gab es hier keine Diebe und keine Regierung?

»Arsch der Welt«, sagte Staszek, »sogar für die Regierung zu weit weg zum Räubern.«

Eine kleine Kirche war da, nicht viel anders als die

Häuser gebaut, nur hatte sie einen ›Turm‹ und nur einen kleinen Anbau.

»Da schläft der Pfarrer«, sagte Marcell.

Die dazugehörige Latrine stand vier Meter weg von der Kirche, wohl ein kleines Zugeständnis an den lieben Gott und damit es nicht in die Kirche hineinstank. Im Turm war eine Art Bogen oder Loch, und man konnte eine sehr kleine Glocke erkennen.

Die Kirche war mit Schindeln gedeckt, und auf dem Dach war ein Storchennest, wohl noch vom letzten Jahr, also unbewohnt.

Es gab eine Stromleitung, die aus der Ferne kam und hier endete, so wie auch der Weg hier endete, ab hier ging nichts mehr weiter, bis auf ein paar schmale Feldwege. Die Leute hatten offensichtlich keine Fahrzeuge.

»Strom«, sagte Staszek, »sie haben Strom.«

Kaum stand das Auto, kamen die Leute aus den Häusern und stellten sich um uns herum. Keiner wußte so recht, wie er sich verhalten sollte. Sie versuchten das Nummernschild zu entziffern. Einer sagte:

»Niemcy?«

Deutsche?

»Nie, austriacki.«

Nein, österreichisch.

Kinder stießen sich an, hielten sich aneinander fest und kauten an ihren Fingern oder Hemdzipfeln.

Die Leute waren ärmlich und abgerissen, aber sie sahen verhältnismäßig gesund und auffallend fröhlich aus. Was man von den anderen Bewohnern dieses Landes nicht unbedingt sagen konnte. Was man auch von den Menschen im Westen nicht unbedingt sagen kann. Die meisten Leute tragen ein diffuses Unglück mit sich herum. »Die einen, weil sie zu wenig haben, die anderen, weil sie zu viel haben.«

Das sagte Staszek.

Ein Mann um die Fünfzig kam auf uns zu, lachte unbeholfen mit strahlendgelben Zähnen und sagte: »Von wo kommen Sie, Herrschaften? Ausland, haben Sie was mitgebracht? Paar gute Sachen zu tauschen?«

Er sprach einen goralischen Dialekt, der sich wie Hundebellen anhört; die Polen können ihn nicht leiden, er ist ihnen zu primitiv. Die Grammatik entspricht dem afrikanischen Englisch der Buschneger.

Aber man kann genauso sagen: Grammatik haben sie nicht. Und liegt damit richtig.

»Kommen Sie doch rein zu mir, panowie, auf ein Wodka, wenn ich das spendieren darf, mein Name ist Pan Koczulek, ich mach hier alles in unserem Dorf, ich mach Wodka selber, und Ihre Namen, wenn ich Sie fragen darf? Ich bin so was wie der Bürgermeister und bissel auch König, bei mir gibt's sogar Telefon, welches geht. Man kann reinrufen nach hier, hat die Nummer 24-1, man kann auch rausrufen von hier, haben Sie was zu telefonieren? Nein, nicht? Macht nix. Telefon wie neu, bei mir in der Stube, keine drei Jahre alt.

Die Leute komm zu mir wie zu ein Vater mit alles,

was sie möchten. Möchtest du bissel Schnaps oder etwas Ware, Pan Koczulek hat das. Uachachacha.«

Raucherhals schnapsgebeizt, kaum noch zu verstehen.

Na, dann wären wir ja richtig. Wir würden etwas mögen, wir würden wissen mögen, wo Zdenek Koziol wohnt.

»Ja, möchten wissen«, sagte Staszek und nahm Koczuleks Grammatik an, um ihn nicht zu verwirren, »wo ein gewisser Koziol wohnt. Wenn Sie ihn kennen.«

Pan Koczulek drückte uns erst nacheinander die Hand, stellte sich bei jedem einzeln mit ›Pan Koczulek‹ vor, und jeder von uns sagte seinen Namen. Dann wischte er die dreckige Hand an der Hose ab, eine Angewohnheit, die hier vielleicht nötig ist, nachdem man jemanden begrüßt hat. Mit der Hand.

Er zog einen Hosenträger zurück über die Schulter, der sofort wieder herunterfiel.

»Was wollen wir uns Sorgen machen, ohne was getrunken zu haben. Rein zu mir in die Stube, panowie!«

Er drängte uns in eines der Lehmhäuser: sein Laden. Ein Raum für den Ausschank von weiß-der-Teufel-was, denn es gab nichts in diesem Land auszuschenken außer Wodka. Der Raum viereckig, vier mal fünf Meter etwa, gegenüber der niedrigen Tür waren ein Regal und ein Ladentisch mit einer Waage.

Also der Dorfkrämer und Wirt.

Der Fußboden war aus gestampftem Lehm, hinter

dem Ladentisch im Regal ein paar nutzlose Waren und Attrappen, die Fenster verklebt vom Fliegendreck. Pan Koczulek trat mit dem Fuß ein Huhn hinaus: »Psiakrew, gehst du weg, verfluchte Ziege, wenn Herrschaften auf Besuch sind!

Die Hühner sind ja die Dümmsten von allen, aber das werd'n Sie ja wissen. Kommen Sie von einer großen Stadt? No, dann wissen Sie das vielleicht nicht so. Man hat dort Hühner in einer Fabrik, sagt man in Fernseh.« Dabei flog ihm ein Pantoffel vom Fuß durch die Tür hinaus, und ein kleiner Junge brachte ihn herein und hielt die Hand auf. Pan Koczulek holte ein Bonbon aus einem Glas und gab ihn dem Jungen.

Wobei er sich generös gab.

»Hier hast du, chłopeczku.«

Der Raum war verraucht, eher dreckig, die Decke oben aus rohen Brettern. Die Wände hellblau gestrichen, die Farbe aber nicht mehr erkennbar. Es roch nach Hühnerdreck, Getreide, Zucker, Tabak und Lehm und gekochten Kartoffelschalen. Aus einer Kammer rechts hinter dem Ladentisch roch es nach Fusel. Schnapsfabrikation. Der Ladentisch war zwei Meter in der Länge aus drei Brettern zusammengenagelt, die auf zwei Fässern auflagen. Marcell, der alles genau wissen wollte, suchte nach einer Aufschrift an den Fässern, das hätte ihm gesagt, was das Faß einst enthielt, er hätte es aber auch noch riechen können: Heringe. Die Aufschrift war längst unter dem Dreck verschwunden.

Marcell war immer auf der Suche nach Spuren aus

der Vergangenheit. Er war eben noch jung, und junge Menschen lieben die Vergangenheit, soweit sie sie nicht erlebt haben. Als könnten sie daraus lernen. Und dann, wenn sie etwas erfahren haben, lernen sie doch nichts daraus. Das ist das Problem der guten Väter, welche die Kinder vor den Fehlern bewahren möchten, die sie begangen haben, und die diese dann aber mit Begeisterung wiederholen.

Doch Marcell suchte hier nur nach Schriftzeichen. »Noch von früher aus Friedenszeit, Fässer gibt's heute nicht mehr«, sagte Pan Koczulek, »und Heringe schon gar nicht, seit vielen, vielen Jahren nicht. Ja, ja, die Zeiten ändern sich. Man konnte einmal nicht ohne Heringe leben, und jetzt? Jetzt muß man ohne alles leben. So ein Leben ohne Heringe kann der Mensch schlecht ertragen. Weil, sehen Sie, die Heringe haben den ganzen Stoff in sich, welchen der Mensch zum Leben braucht. Man trinkt sich einen Wodka, noch einen, Stück Hering dazwischen, und schon schadet der Wodka nix. Noch ein Wodka, noch ein Wodka, wieder Stück Hering, und du gehst aus der Tür aufrecht wie ein Major. Aber heutzutage? Deshalb gibt's so viele Menschen, welchen Sie von großer Ferne ansehn, wie besoffen sie sind. Weil sie nicht mehr gerade gehen können, weil sie nicht von Hering gestärkt sind. Polen is kein Land mehr für den Menschen. Früher, ja früher, panowie! An Heiligabend beispielsweise, was haben wir gesoffen, und dann in die Kirche und haben schön gesungen.

Melodisch von vorn bis hinten. Gibt's heut nicht

mehr, wenn heut einer was säuft, kann er nicht mehr melodisch singen. Wie viele schöne Zeiten hab ich selber noch miterlebt, panowie, jaja. Kommt alles nicht wieder. Aber spekuliern wir mal, der Kommunismus geht vorbei. Und schon ist die Welt wieder in Ordnung. Oder was sagen Sie dort im Westen?«

Zwei oder drei Säcke mit Mehl oder Zucker, oder was auch immer, standen in einer Ecke.

»Zement«, sagte Koczulek. »Man verkauft Zement jetzt in Zuckertüten, gibt ja kein Zement mehr auf der Welt hier bei uns. Das kommt von Kommunismus. Dort, wo Sie wohnen, gibt's dort Zement? Ganze Säcke voll?«

Staszek sagte ja und versuchte, seine Frage nach Zdenek Koziol noch einmal anzubringen, fand aber keine Lücke in der Rede dieses Säufers.

»Komm gleich«, sagte Koczulek und ging raus, um zu pinkeln, was er, wie man durch die Tür sah, im Garten erledigte. Auf ein Beet. Wo das Gemüse schon wuchs. »Das ist gut für die Saat«, sagte er und versuchte, die Hose zuzuknöpfen, was er dann aufgab.

Oben von der Decke hing eine Glühbirne über dem Ladentisch. Die Stromleitung ging von dort weg zu einem lebensgefährlichen Schalter an der Wand, der mit Hansaplast und Stoffetzen umwickelt war. Um den Schalter herum war die Wand so dreckig, daß sie glänzte wie lackiert.

Auch eine verstaubte Petroleumlampe hing von oben herunter, wohl für die Stromausfälle.

»Gibt ja nicht einmal mehr Petrolä-um. Hier gab es einmal einen, der machte sich im Krieg von Petrolä-um Schnaps. Hat etwas Wasser beigemischt, und schon fertig. Der wurde über die achtzig Jahre alt, was bei deutscher Besetzungszeit ein schönes Alter ist. An was man sieht, daß früher in Friedenszeit sogar der Petrolä-um getaugt hat. Sogar VIEL getaugt. Panowie.«

Zwei Tische aus grobem Holz und ein paar Stühle standen da, und auf einem Brett oben rechts in der Ecke war ein Fernseher, darunter eine Art Hausaltar mit einem vergilbten Madonnenbild und Papierblumen. Selbstgefaltet. »Meine Frau war einmal auf Wallfahrt in Czenstochau. Auch schon zwanzig Jahre her. Heute kann sie nich mal mehr die Litanei von der Empfängnis auswendig. Der Mensch vergißt viel in Leben, weil er sich verändert von innen raus.«

Er holte vier große Gläser und wischte sie mit dem Finger aus. Innen. Außen polierte er sie etwas am Hemd.

»Sie wollen ein größeres oder kleineres Glas? Und von wo kommen Sie? Sagen Sie mir das! Man muß ja die Leute bissel sich angucken, von wo sie sind. Manche haben keine gute Herkunft. Von wo ich komm, das werd'n Sie nicht kennen: Podhal. Kennen Sie Podhal? Nicht, sehen Sie, so ist mancher Mensch wegen seiner Herkunft für die Welt hochinteressant; wenn man die Gegend nicht kennt, schon ist der Mensch interessant. Kennt die Gegend aber jeder

Gorol*, verliert der Mensch an Bedeutung. Podhal ist eine interessante Gegend, denn auch meiner Frau war sie unbekannt, bis ich kam und ihr das zeigte.«

Wir wollten jeder ein kleineres Glas, kleinere hatte er aber nicht. Er sagte, kleinere Gläser brauche man nicht, weil sie zu nichts passen würden.

»Geht ja nichts rein, panowie. Also von wo sind Sie?«

Staszek sagte: »Paris«, bereute es aber sofort, wie man ihm am Gesicht ansah.

»Paris? Ach Pariiiis – Paris kennen wir, jawohl kennen wir Paris, ich werd das später meiner Frau sagen, wenn sie kommt, aber wir kennen das. Was man kennt, ist für die Herkunft nicht interessant.«

Staszek sagte auf französisch: »Das ist pures Gift. Damit kann man einen ganzen Bananendampfer in einer Minute total entrosten.«

Womit er den Wodka meinte und recht hatte.

»Wir haben das Zeug einmal in Zakopane zum Vernichten von Wanzen genommen. Hinter die Fußleisten gießen und keine überlebt. Nur zersetzen sich auch die Fußleisten davon, und die Dielen brennen bis in den Keller durch.«

»Den machen wir hier selber«, sagte Pan Koczulek. »Von Kartoffeln. Möchten Sie mal die schöne Anlage sehen? Kommen Sie! Reine Natur, Kartoffeln sind reine Natur, das bekommen Sie heute nirgends mehr auf der Welt. Im Fernseh haben wir gesehen, es

* Gebirgsbewohner, eher Schimpfwort

gibt keine Natur mehr auf der Welt. Wir haben hier noch alles, weil wir mit Natur düngen. Haben Sie das schon gerochen? Jawohl, panowie. Was gut ist, ist gut. Mit eigener Natur gedüngt.«

Man roch es bis ins Haus.

»No, wenigstens das ist gut im Kommunismus. Sie lassen uns unseren Dünger.«

Er führte uns in eine Stube hinter dem Laden. Da war in einen Blechkanister spiralförmig ein Rohr eingelötet und unten anstelle eines Hahns ein Korken eingesteckt.

»Dort kommt es raus.« Er zeigte auf den Stöpsel und zog ihn heraus. Es roch nach Fusel, Kartoffeln, Äpfel und Lehm. Noch ein paar Behälter standen herum, in der Ecke ein Ofen mit einem Waschkessel. Ein Spind an der Wand, ein Tisch, und überall waren Äpfel ausgelegt.

»Der zuerst rauskommt, ist der Beste, für den ich achtzig Prozent garantiere, den trink ich selber. Dann kommt sechzig Prozent, welcher etwas teurer verkauft wird an gute Kunden. Der dünne, was höchstens vierzig Prozent hat, für die Leute. Viele Menschen vertragen ja nicht den guten Schnaps mit achtzig Prozent. Das gab es früher auch nicht.«

Staszek sagte auf französisch, wir würden wahrscheinlich nichts anderes von ihm zu hören bekommen, als die Litanei vom Suff, er kenne diese Leute. Sie leben und sterben nur für den Schnaps.

»Hier probieren Sie, kostet Sie nichts, die ersten Gläser werden immer von Koczulek spendiert, für den Rest kommen Sie von selber und können es nicht mehr lassen.«

Er hatte eine kleine Flasche hinter dem Ofen hervorgeholt und sagte leise: »Muß ich verstecken, sonst säuft ihn meine Alte weg.«

Staszek hatte zum Schein ein wenig genippt und lenkte den tumben Koczulek ab, ließ sich an dem Ofen etwas erklären, damit wir unsere Gläser hinter den Spind entleeren konnten.

»Achtzigprozentiger ist meine persönliche Labung, die gebe ich keinem, höchstens als letzte Ölung, wenn er stirbt, daß er mich nicht vergißt im Himmel. Uachachachaaa. Bissel Spaß muß sein.«

Er zog den Hosenträger über die Schulter, der fiel wieder herunter.

»Aber was haben Sie so mitgebracht? Um mal was Ernstes zu sagen? Hier bei mir kann einer alles verkaufen.«

Wir gingen zurück in den Laden. »Nehmen Sie doch Platz«, sagte Koczulek, »machen Sie es sich bequem wie zu Haus. Bei Koczulek ist gleich jeder zu Haus wie bei sich selber. Sie kommen von Paris, wo ist meine Frau?« Er humpelte nach draußen hinter das Haus und rief: »Dulla, Dulka, komm...«

Kam zurück und bald hinter ihm atemlos seine dicke Frau. Drei Goldzähne, eine Zahnlücke, die restlichen gelb. Ein Tuch um den Kopf, eine Schürze und ein abgerissenes, polnisch gemustertes Kleid.

»Ich bin nicht gut angezogen, entschuldigen Sie...«

»Die Leute komm von Paris, was sagst du dazu?«

»Jaaa, Paris. Wir kennen das, mein Mann und ich. In Fernseh, das ist Ausland oder was, aber da haben Sie bestimmt Strumpfhosen mitgebracht. Zeigen Sie mir mal, was Sie haben!

Womöglich schwarze. Mein Mann möchte ja auch so eine Frau haben, daß sie aussieht wie von Film...«

Staszek nickte, denn Strumpfhosen hatte er in der Tat, keiner, der ihn in Polen nicht nach Strumpfhosen fragte.

»No, laß die Herrschaften sich erst einmal etwas besinnen. Oder was haben Sie noch gebracht, panowie?

Schönes Rasierwasser aus Friedenszeit?«

Staszek war etwas ungeduldig und wollte endlich seine Frage anbringen, begann also wieder: »Wir suchen einen gewissen Koziol. Zdenek Koziol. Der hier wohnen soll, hat man uns gesagt...«

»Wen?«

»Koziol. Zdenek Koziol.«

»Ich kenn mehrere davon. Einer zum Beispiel war von Podhal, von wo ich komme. Der ist tot, aber ich erzähle Ihnen, wie der einmal beim Militär in die Gulaschkanone geschissen hat, weil er wußte, daß Inspektion kommt und der General probeweise immer einen Löffel voll davon nippt – sagt man das so: nippt?

Bloß hieß der nicht Zdenek. Karol, das war sein Name. Der General hat bei diesem Male aber nicht daran genippt, sondern bloß gewartet, bis die Kompanie die ganze Gulaschkanone leergefressen hatte...«

»Patek, hör auf, hör auf! Wenn er was getrunken hat, kann er sich nicht benehmen wie ein feiner Mensch. Nicht wahr. Du kennst die Herrschaften doch nicht so gut, daß du so was plaudern darfst. Wo haben Sie Strumpfhosen, Herrschaften?«

Damit sie Ruhe gab und wohl auch, damit er endlich zur Sache kommen konnte, suchte Staszek im Auto nach den Strumpfhosen und brachte eine herein. Schwarz.

»Jesus, wie schön die aussehen!« Die Frau strahlte und hob ihr Kleid bis zum Knie, hielt die Hose an das dicke bläulichrote Bein und rief: »Von der Farbe passen sie schon gut, patek, oder was sagen Sie?«

Und schon rannte sie nach hinten in eine Stube, um sie anzuziehen.

»Zdenek Koziol, ungefähr siebzig oder älter, von Beruf...« Staszek brach lieber ab, denn das Weitere hätte den Mann vielleicht verwirren und die Antwort unnötig hinauszögern können. »Man sagt, er hat ein Motorrad. Java Baujahr 37.«

»Eine Java? Wenn Sie eine Java sagen, fällt er mir ein.«

»Ja, Java.«

»Von vor dem Krieg das Modell?«

»Ja, kennen Sie den?«

»Kenn ich, ist aber ein Verrückter. Im Kopf, sagt man. Wie der Teufel auf dem Rummelplatz fährt er hier rum. Aber weiß einer, von wo er das Benzin bekommt? Die Leute sagen, er hat einen Freund in der Regierung. Ich glaube das.«

Staszek atmete laut aus und setzte sich auf einen Stuhl. Jetzt kippte er so einen Wodka in sich hinein und sah dann aus, als würde er in einer Minute ableben.

»Und er heißt Zdenek?«

»Man weiß es nicht, er ist so alt, es lohnt sich nicht mehr zu wissen.«

Staszek nickte uns zu: »Er ist es, chłopce. Es ist Steve…«

»Und dieser Schnaps«, fing Koczulek von neuem an, »ist Medizin von der allerbesten Sorte. Ich könnte einen Schraubenzieher brauchen, wenn einen mitgebracht haben, gebe ich Ihnen… ich gebe halbe Flasche Wodka dafür.«

Die Frau kam heraus, und es konnte nicht lange dauern, daß die Strumpfhose auseinanderplatzte. Sie ging hinaus und zeigte sie den Leuten im Dorf. Als sie zurück kam, traten etliche mit in den Laden, stellten sich herum, und man sah, wie sie darauf warteten, mitreden zu dürfen.

»Ich erzähl Ihnen, was dort in Krakau neulich passiert ist. Ein Mann, welcher sich jede Woche ein Viertel von dem Braunen* spendiert hat, gewinnt in der Lotterie oder was. Man kann sagen, ein paar Millionen Zloty. Was macht er? Geht los und kauft sich zu Feier von dem Glück zwei Liter davon, säuft sie auf

* Wodka

ein Schlag, und was ist er jetzt? Blind. Weil der Mensch von heut verträgt nicht mehr das, was er vertragen muß. Sie haben ihn in der Zeitung abgebildet. No, wenigstens kam er in die Zeitung. Aber das Geld, was will er jetzt mit so viel Geld machen, wenn er nichts mehr sieht und es nicht zählen kann. Sie klauen ihm was, und er merkt es nicht einmal.«

Die Frau hob das Kleid noch höher und ging in dem Laden herum, zeigte sich auch zur Türe hinaus.

»So was trinken können, das kann nicht jeder, dazu gehört Verstand. Immer nach jedem halben Liter braucht der Mensch eine Pause. Niemals mehr als das auf einen Zug. Früher, sehen Sie, da gab es die Heringe. Heute kann man statt dessen etwas Speck zu sich nehmen, aber es ist nicht dieselbe Wirkung. Meine Herren.« Er kam mit seiner Schnapsfahne näher an unseren Tisch und krächzte: »Und schuld ist wer? Na, der Kommunismus.«

»Wo wohnt Zdenek Koziol?«

Jetzt mischte sich die Frau ein: »Was für ein Zdenek Koziol?«

»Der Verrückte«, sagte Koczulek. »Der mit dem Motorrad.«

»Sie, der Mann ist nicht richtig, ich rate Ihnen gut, gehen Sie nicht zu dem!«

»Was macht er hier?«

»Manchmal kommt er zum Fernseh, aber er spricht mit keinem und trinkt nur Wasser. Hat man das schon erlebt: Einer säuft nur Wasser? Das ist nicht normal, panowie, nicht normal.«

Das sagte Koczulek und wandte sich darauf betroffen ab.

»Was für ein armer Mensch, welcher nur Wasser säuft, ich werd Ihnen das erklären. Weil Koczulek hat viel studiert in seinem Leben und weiß Bescheid. Was wird mit dem armen Mann passieren? Er wird sterben. Ich sag, warum: Sie wissen, die Luft ist voll von Bazillen, welche herumschwirren, so zum Beispiel die Cholera. Die Cholera ist eine schwere Krankheit, welche man sich nur mit Wodka von Leib hält, was sagst du, Dulka?«

»Was?«

»Die Bazillen.«

»Jesus schütze uns vor Bazillen.«

»Sie dringen ein in den Menschen, wo sie nur ein Löchlein finden, und richten dort Unheil an, bis er stirbt. Nun aber jetzt, wenn der Mensch dort die Wächter hat, welche alles reinigen, also guten Achtzigprozentigen – passiert ihm nix. Hat er keinen Schutz, stirbt er. Oder nehmen Sie die geschlechtlichen Krankheiten, welche von den vielen Kriegen zu uns herüberkamen. Was macht der Mensch? Er spendiert sich pro Tag ein Viertelliter innerlich, ein Viertelliter äußerlich auf den Ciullok gegossen, schon ist er gesund.«

Die Frau goß sich ein Wasserglas voll von dem Fusel und trank es in zwei Zügen leer.

»Mein Mann kommt von Podhal und ich von Bukowa, wir sind hier zugezogen. Ich selber trinke wenig, ich bin schon seine zweite Frau, eine ist tot, aber wenn eine Feier ist wie heute … würde ich etwas trinken. In guter Gesellschaft wie mit Ihnen.«

Sagte das und goß sich ein zweites Glas voll, das sie mit einem Zug wegtrank. Ohne zu husten.

Dann fing Koczulek wieder an. »Oder nehmen Sie das: Herr Jesus, Sie werden ihn kennen, wählte sich Wein aus und machte Blut daraus. Er goß jedem seiner Jünger ein Glas ein und sagte: ›Trinkt das, denn das ist mein Blut.‹ Ich frage Sie, panowie, Herr Jesus war allmächtig. Wenn er Wasser höher geachtet hätte als Wein, dann hätte er Wasser genommen und gesagt ›DAS ist mein Blut‹. Aber nein, er hat Wein ausgewählt. Und warum hat er Wein genommen? Weil das zu der Kategorie Alkohol gehört. Genau wie Wodka. Von Gott gesegnet. Von Wasser hätte er kein Blut machen können … Nein, nein, meine Herren aus Paris, vielleicht sind Sie große Leute, aber Wein ist nicht besser als mein Wodka, beides gehört zum Alkohol, und so kann man sagen: Gott Jesus hat diesen über das Wasser erhoben. Jawohl, Koczulek ist nicht so dumm, wie man vielleicht in Paris denkt.«

Er lehnte sich erschöpft und ernst zurück.

Die Frau schob ihrem Mann ein Stück Speck unter dem Tisch zu: »Eß das, patek, daß du nicht besoffen bist und dumm sprichst.«

Dann legte sie lehmiges Brot auf den Tisch und sagte zu den Leuten, die herumstanden und zuhörten: »Hier, ludzi*, nehmt euch was davon! Ist heut

* »Leute«

umsonst.« Die Leute zögerten, aber dann war das Brot plötzlich weg. Staszek rutschte auf seinem Stuhl hin und her, er war wegen Zdenek gekommen und nicht wegen dem Herrn Jesus. Und weil Staszek sich erhoffte, von der Frau mehr über Zdenek zu erfahren, ging er zum Auto und holte Schokolade.

»Wo wohnt der alte Koziol?«

Dabei lockte er die Frau mit der Schokolade zur Tür; die Leute traten zur Seite, und die Frau folgte ihm auf die Straße.

»Komm Sie, komm Sie, sehen Sie dort!«

Sie zeigte auf ein Haus, das in etwa einem Kilometer Entfernung stand. Man konnte es nicht ganz sehen, es war zwischen ein paar Bäumen verborgen.

»Aber er wird nicht mit Ihn sprechen.«

Der Mann war ihnen gefolgt und sagte: »Er ist nämlich mehr plemplem, als einer denkt.« Und tippte mit dem Finger auf seine Stirn.

»Sag nicht das, Mann, vor fremden Menschen, welche du nicht besser kennst. Vielleicht sind die Herrschaften Verwandte von Herrn Zdenek, und da gehört sich das nicht. Wenn mein Mann was trinkt, dann weiß er nicht, was er spricht, geh rein, patek, leg dich hin, Dulka kommt gleich nach. – Aber da fährt er ja, da fährt er ja, der Verrückte, dort sehen Sie!«

Und in der Tat raste nicht weit weg vom Dorf ein Wahnsinniger auf einem Motorrad über die Felder, zog die Maschine auf das Hinterrad hoch, übersprang offenbar einen Graben und verschwand in der Ferne.

»Was für ein Teufel«, sagte Staszek und schüttelte den Kopf.

Wir anderen beiden hatten unterdessen ein bißchen von dem Wodka probiert, und Marcell sagte: »Wenn es wenigstens wie Superbenzin schmecken würde! Aber nein. Normal mit Dieselöl versetzt, und nicht einmal bleifrei.«

Staszek kam wieder in die Stube, während die beiden Koczuleks sich in eine Hinterstube verzogen hatten, wo man die Frau lachen hörte: »Nicht jetzt, patek, laß mich, belästige mich nicht, wenn Besuch im Laden is.«

Dann hörte man ein Rumpeln und Quietschen, und wir gingen aus Achtung vor der Privatsphäre hinaus. Die Leute folgten uns, und eine Frau sagte: »Sie möchten doch bestimmt ein Zimmer, ein schönes? Für paar Kleinigkeiten von Ware können Sie haben. Wir ziehen solange zur Schwester, bitteschön. Haben Sie ein Kleid. Für ein Kind von mittlerer Größe, und glauben Sie nicht alles, was Koczulek über Herrn Zdenek spricht. Der ist nicht verrückt, nein, nein, der ist nicht verrückt, ich werd Ihnen alles berichten, wenn Sie bei mir Wohnung nehmen. Ich möchte sogar sagen, er ist was Höheres. Früher einmal gewesen. Er ist gut befreundet mit unserem Pfarrer. Ein Pfarrer wird sich doch nicht befreunden mit ein'm Verrückten, sagen Sie mal selber! Sie holen sich beide das Brot bei mir. Ich backe, wenn Sie mal Brot brauchen, ich backe, wir haben eigenen Ofen. Mein Name ist Pani Zdulko. Maria Zdulko, mein Mann ist

Josef Zdulko, beide von hier, Kuźnice Grodziska, gebürtig.«

Staszek sagte zu uns: »Wir werden bei ihr bleiben. Einer was dagegen?«

Alle waren einverstanden.

*

Wir gingen mit der Frau zu ihrem Haus, einem sauberen Haus, die Küche freilich mit Lehmboden, aber die Stuben mit Holzfußboden. Sie räumte geschäftig ein paar Sachen weg und sagte: »Hier, ganz allein für Sie, und daneben in der Stube von der Tochter noch ein Bett, die Tochter ist verheiratet in Kielce mit ein Eisenbahner, welcher aber nicht von dort gebürtig ist. Er wurde verlegt, verstehen Sie mich: verlegt, sie werden bald das dritte Kind haben, aber wir haben die Stube so gelassen, kann man wissen, für was das noch einmal gut sein wird? Und von wo sind Sie gebürtig, Herrschaften?«

Staszek sagte: »Lwow.«

»So so, Lwow? Dann sind Sie Poler wie wir. Ich dachte erst von Ausland, no ja, aber man merkt das schon an der Sprache, wer echter Poler ist und wer nicht. Das Wasser bring ich Ihn persönlich mit einer Kanne vom Hof, wir haben dort eine Pumpe, bei uns ist noch nicht alles so, wie es muß. In Kielce, ich war ja schon dort, kommt das Wasser aus der Wand, man dreht auf, schon läuft es... Freilich nicht immer... Ich werd Ihnen extra neue Betten beziehen, wir haben noch die Betten von unserer Hochzeit mit meinem Mann. Sehr gute Gänsefedern, bissel gemischt mit Daunen...«

Es war spät, und wir waren froh, von dem Säufer Koczulek befreit zu sein, und holten unsere Sachen aus dem Auto. Trugen sie in die Stube, während Pani Maria Zdulko die Betten bezog und Wasser in einer Kanne brachte, für das eine Zimmer, für das andere nur einen Blecheimer voll, denn zwei Kannen besaßen sie nicht. »Früher«, sagte sie, »wie meine Mutter noch lebte, hatten wir zwei hiebsche Kannen. Dann kam der Krieg, wir haben sie über den Krieg gerettet, aber dann, dann hat Tilka geheiratet, Aussteuer war nicht, haben wir eine mitgegeben. No, es is auch egal, ob Wasser aus der Kanne oder ob vom Eimer kommt, Hauptsache sauber. Unsere Pumpe hat sauberstes Wasser, weil, wissen Sie, panowie, mein Mann, macht sie sauber. Einmal in Jahr wenigstens. Mein Mann versteht sich auf jede Arbeit. Was für ein guter Mann, und säuft nicht, wo haben Sie das unter Menschen? Aber gut wäre, wenn Sie selber bissel Seife für sich hätten und Stück für mich, was Sie mir abgeben könnten. Wird auf die Miete verrechnet. Vielleicht mit schön' Parfüm dran? Ja ja, die Zeiten sind schlecht geworden, nicht mal Seife gibt es, panowie. Wo haben Sie Seife, darf ich fragen, wie Sie alle heißen?«

Jeder nannte ihr seinen Namen, und Staszek holte aus dem Auto Seife. Er hatte genügend dabei, und sie packte die Seife wie einen kostbaren Schatz in ihre Schürze und verschwand damit.

In jedem der Zimmer stand eine kleine Waschschüssel, eine Blechschachtel, auf welche die Seife abzulegen war, ein Handtuch, sonst nichts, was die Waschutensilien angeht. Auch kein Glas. »Sie können sich unter der Pumpe waschen, mein Mann macht das so. Man kann da besser rumspritzen mit dem Wasser.«

Staszek und Marcell nahmen das eine Zimmer, Schlafstube der beiden Zdulkos, die Ehebetten nebeneinander und zu kurz, die Polen sind eine kleine Rasse.

»Weil sie von Attila abstammen, Reitervolk aus der Steppe, das das Fleisch noch bis 1939 unter dem Sattel weichgeritten hat. Jetzt gibt es kein Fleisch mehr.« Marcell machte diesen blödsinnigen Witz, als er das Bett probierte.

Ich nahm die andere Stube.

Sie roch nach dem Lehm, der unter dem Fußboden war, und dem angefaulten Holz der Dielen. Die Wände waren trocken, weil der Backofen in der Wohnstube die Zimmer mitheizte.

Mein Zimmer war wieder hellblau gestrichen; offensichtlich gab es in diesem Dorf seit Generationen nur diese Farbe, sowohl für innen als auch für außen. Eine Glühbirne mit Papierschirm, eine Art Nachttisch, ein größerer Tisch mit dieser Waschschüssel, das Handtuch verschlissen und geflickt, wahrscheinlich schon zwei Kriege ›ieberlebt‹. Ein kleines Fenster mit einem Blumentopf und einer unverwüstlichen, pelzigen Topfpflanze ging zur Straße hinaus.

Die Gardine war handgehäkelt und sah sehr wohlbehütet aus: »Von der Tochter mit der Hand gehäkelt, das Mädel kann Ihnen nähen, daß Sie staunen möchten. Jeder Mann möcht sich die Finger belekken, so ein Mädel zu heiraten.«

Das Bett war aus Eisen, und das Klo war draußen, eine Latrine.

»Darf ich mal zeigen. Wenn Sie mal müssen möchten. Pullen können Sie auch in Garten, weil das Brett ist bissel tief, da geht schon mal was daneben bein Zielen. In Garten hat man genug Platz. Ist ja guter Dünger, was der Mensch von sich gibt. Unser Klo ist sehr sauber, wir halten viel auf Sauberkeit. Papier wär gut, wenn Sie selber hätten, das ist knapp bei uns, weil es gibt ja keine Zeitungen. Und Tüten behält sich der Koczulek alle selber, wenn er welche hat. Koczulek, ich will nich schlecht reden über ihn, aber die Frau hat kein guten Fang gemacht mit dem, aber andererseits sie passen gut zusammen, sie säuft genau wie er, sind ja nicht von Kuźnice, sind von woanders gebürtig. Wenn Leute schon von woanders sind, Pan Staszek, ist schon nicht gut für die Umgebung. Wir, ich und mein Mann, sind von hier. Da weiß man schon, wen man vor sich hat, wenn mal ein Herr wie Sie nach hier auf Besuch kommt, halten Sie sich besser an die Kuźnicer, da weiß einer, wen er vor sich hat. Koczulek soll von Podhal sein, wenn einer eine Herkunft hat, welche man nicht kennt und nicht überblickt, nimmt man besser Abstand von solchen Leuten.«

Während sie das redete, räumte sie das Zimmer auf. Nahm aus den Schubladen verschiedenes heraus, legte es wieder zurück. »Wir nehmen in Sommer Rhabarberblätter, schön is das nicht, anstatt Papier. Papier is immer besser für den, wie soll ich sagen? Für hinten zum Putzen, Sie wissen schon.«

Sie lachte etwas verlegen und zog sich das Kleid herunter. Erst hinten, dann vorn.

»Man muß sich immer zu behelfen wissen. Mein Mann braucht gar nichts, kein Papier, keine Blätter. No ja, die Waldarbeiter sind das Feine nich so gewöhnt. Sieht sie ja keiner ... Ja ja, er arbeitet schwer, wir haben noch ein klein Garten und bissel Tiere.«

Jetzt kam der Mann nach Haus, offensichtlich aus dem Wald, denn er hatte hinter dem Haus Holz aus einem Handwagen abgeladen. Ein kleiner, breiter Mensch in abgewetzten Arbeitskleidern und groben Schuhen. Kurze graue Haare und ein Ein- bis Zweiwochenbart. Wenig Zähne, viele Falten und große Ohren. Als er die Mütze an einen Nagel hängte, sah man, daß die Haut an seinem Kopf dort heller war, wo die Mütze die Sonne abhielt, so weiß, als wäre er schon tot. Die Mütze war ihm wohl drei Nummern zu groß, denn der weiße Rand reichte bis an die Augenbrauen und bis zum oberen Teil der Ohren. Er trug sie möglicherweise schon sein ganzes Leben bis über die Ohren; bei manchen Menschen wird der Kopf aber im Alter auch kleiner.

Beide Zimmer hatten keinen Ofen. Wenn man in der Küche den aus Steinen und Lehm gemauerten

Ofen, der gleichzeitig Backofen, Kochstelle und Heizung war, einschürte, dann erwärmte er mit der Rückseite beide Stuben. Dabei gab es zwei Löcher vom Ofen her durch die Wand, die man mit einem Ziegelstein verschließen oder öffnen konnte; die warme Luft wärmte dann die beiden Zimmer stärker.

»Eine geniale Erfindung«, sagte Marcell. Marcell ging gern allen Dingen auf den Grund, wie junge Menschen manchmal gern allen Dingen auf den Grund gehen, wohl um die Grob- und Feinmechanik der Welt zu ermitteln.

Marcell hatte sich einen alten Hof in Südfrankreich gekauft, den er umbauen wollte. Das Haus hier hatten die Eltern der Eltern von Frau Zdulko gebaut; er, der Zdulko, hatte eingeheiratet, und dann hatten sie das Haus von den Mauern her ein wenig ausgebessert. Das Haus war seitdem so gut wie neu. Was die Mauern angeht. Aber der Holzbock machte ihnen zu schaffen. NOCH war er nicht drin, »aber bei Koczuleks hört man ihn schon klopfen. Schaden möcht es diesen Lumpen nicht, würde er ein paar Balken befallen. Daß sie sich mal auf ihren Charakter besinnen, muß ja nicht gleich das ganze Dach sein. Zwei, drei Balken.«

Das sagte Frau Zdulko, als wir aus den Zimmern kamen und hinter das Haus gingen. Als sie merkte, daß Staszek pinkeln mußte, sagte sie: »Nehmen Sie ruhig Ziel auf die Kartoffeln, ich dreh mich um«, aber Staszek traute sich nicht und hielt sich dann noch zurück, es würde sich schon später eine Gelegenheit irgendwo in der Landschaft ergeben. Wir hatten nämlich vor, die nähere Umgebung bald zu inspizieren. Zuerst einmal aber gingen wir wieder zurück in das Haus, denn es gab noch einiges auszupacken.

Fünf Leute zusammen in einem Haus, das war zu eng, wir traten uns ständig auf die Füße und stießen zusammen. Der Ofen befand sich an der rechten Wand neben der Tür, etwa einen Meter von der linken Ecke entfernt. Er war drei Meter breit, danach kamen noch drei Meter Wand. An dieser Wand befand sich die Tür zum Schlafzimmer der Zdulkos, die Tür zum anderen Zimmer war im Schlafzimmer der Zdulkos, man mußte also, um in das andere Zimmer zu kommen, durch das Schlafzimmer der Zdulkos gehen. Das hatte sich so ergeben, als das Haus gebaut wurde, wahrscheinlich war es nicht anders einzurichten gewesen. Der Ofen fiel einem sofort auf, wenn man ins Haus kam, alles andere nahm man erst einmal nicht wahr. Weil der Ofen den halben Raum ausfüllte. Der eine Meter Zwischenraum zwischen dem Ofen und der linken Ecke war mit einem Kissen belegt, so daß man sich bei Kälte dorthinein verkriechen konnte.

Zwischen dem Ofen und der Zimmerdecke aus groben Brettern war ein Zwischenraum von etwa fünfzig Zentimetern und einem Meter Breite, wo man im Winter schlafen oder den Brotteig aufgehen lassen konnte, wie Frau Zdulko uns später erklärte. Außerdem bewahrte sie dort den Sauerteig auf. »Das schönste Brot von ganz Kužnice gibt es wo? Bei

Marri Zdulko. Weil sonst würde Herr Koziol sich nicht so darauf versteifen, NUR von Marri Zdulko sein Brot zu bekommen. Es scheint mir, der Mann hat mehr gesehen als bloß Polen und weiß gutes Brot zu schätzen. Manchmal telefoniert er sogar bei Koczuleks. Nein, nein, panowie, der ist nicht verrückt. Ich möchte sogar meinen, er hat Bildung.«

Der Mann hatte nicht viel gesagt und war von der wortkargen Sorte Mensch; er hatte nur genickt und uns verlegen die Hand hingehalten, ohne fest zuzudrücken, bloß so hingestreckt wie sie war, hart und krumm. Möglicherweise fürchtete er, den armseligen Städtern die Händchen zu zerquetschen, ein Aberglaube, den Menschen vom Land manchmal noch haben. Aber es konnte genausogut die Gicht sein und die Furcht vor den eigenen Schmerzen. Beim Zudrücken.

Maria stellte ihm eine Blechschüssel mit Kartoffeln und Buttermilch auf den Tisch und goß etwas ausgelassenen Speck über die Kartoffeln. Der Tisch war mit Wachstuch bezogen, und er aß mit einem Blechlöffel.

Die Frau brauchte dann fünf Minuten, bis sie ihm erklärte, daß die Herrschaften vom Ausland kämen und hier für ein paar Tage wohnen würden. Er schien aber auch nicht neugierig zu sein. Oder wollte sich nur nicht in fremde Angelegenheiten einmischen.

»Verwandte von Herrn Koziol. Sie geben uns was dafür.«

Der Mann nickte und aß die Kartoffeln in sich hinein. Ein wenig gehemmt, schüchtern oder bedächtig, um nicht den Eindruck eines Fressers zu machen.

Wir richteten uns dann ein wenig in unseren kleinen Zimmern ein, sie waren nicht größer als fünf, sechs Quadratmeter, und dann gingen wir hinaus, denn in den Zimmern konnte man sich nicht aufhalten. Wohl war je ein Stuhl da, unbequem und wackelig, doch wer will schon in so einer Stube auf einem Stuhl sitzen, während draußen das Leben vorbeirauscht? Eine Stube ist hier zum Schlafen da, mehr nicht. Also gingen wir vor das Haus.

Überall standen unzählige Ställe und Verschläge für Karnickel oder Hühner herum, Hunde bellten uns an, und die Leute hatten sich zum Teil wieder in ihre Häuser verzogen, nachdem sie wußten, daß wir ein paar Tage bleiben würden.

Koczulek war noch nicht wieder draußen, wahrscheinlich schlief er seinen Rausch aus. Er hatte die Tür verschlossen, Ladenzeit für heute beendet.

Als wir an dem Haus vorbeigingen, hörten wir ein Grunzen, wobei nicht zu erkennen war, ob es ein Schwein oder der Schnapskoczulek war, der da wahrscheinlich schnarchte.

Wir liefen ein kleines Stück weiter, so daß wir das Haus Zdeneks besser sehen konnten, was uns nicht viel nutzte, denn es war sehr zugewachsen. Also gingen wir wieder zurück; Staszek wollte mehr über ihn erfahren.

»Wenn Sie einen Johannisbeerwein nehmen möchten, wir machen selber. Johannisbeer, Erdbeer, das nicht so viel. Mehr haben wir Rhabarber, das wächst hier gut. Schnaps haben wir nur etwas, wenn Besuch kommt. Wir trinken nicht viel Schnaps.«

Endlich mal jemand, der nicht soff wie eine Drossel.

»Weil, wissen Sie, panowie, Schnaps macht dumm, sagt man. Und wenn man Koczulek anguckt, ich will ja anderen Leuten nichts Schlechtes hinterherreden. Die Frau, sagt man, kann nicht lesen und schreiben. Das kommt von zuviel Wodka.«

Sie holte eine Flasche mit Johannisbeerwein, goß jedem ein Glas ein, und Staszek brachte aus dem Auto einen Karton mit ein paar Konserven herein, die er ihr schon einmal schenkte.

»Ölsardinen. Soll ich Ihnen sagen, wann wir das letzte Mal Ölsardinen auf dem Tisch hatten? In Friedenszeit. So so, Sie sind verwandt mit dem alten Koziol? Ja, der ist ein guter Mann. Vielleicht nicht ganz richtig in Kopf, aber auch nicht ganz so schlimm, weil mancher hier wäre schon tot, wäre er nicht. Ich mach Ihnen etwas Brot, wenn Sie möchten, und wenn Sie wünschen, schlachte ich morgen eine Henne für Sie. Mit Kartoffeln und etwas Kraut, aber wenn der alte Koziol nicht wäre, mancher wäre hier schon unter der Erde, das sag ich Ihnen.«

Der Mann nickte mit dem Kopf.

»Weil sehen Sie, wenn einer krank ist, zuerst heilt ihn unser Pfarrer, welcher ja ein heiliger Mensch ist, möchte ich mal so sagen. Ein Wunder, welches von Gott kommt. Unser Pfarrer spricht wie Jesus: Ich mache dich gesund, mein Sohn, steh auf. Und am nächsten Tag ist derjenige gesund.

Aber dann, in manchen Fällen, wo der Segen nicht reicht, muß einer ins Krankenhaus. Dann kommt Koziol, nimmt ihn in sein Motorrad mit Beiwagen und bringt ihn nach Częstochowa ins Krankenhaus. Wo gibt es noch so ein Menschen auf der Welt, der das macht für nichts und wieder nichts? Oder wenn eine Medizin benötigt wird, welche es hier nicht gibt, auf einmal ist sie da, der Koziol hat sie besorgt, keiner weiß, von wo. Man sagt, er soll Beziehungen haben zum Westen.«

Ihr Mann nickte und sagte: »Ja, der Koziol, man weiß nix über Koziol, aber er ist ein guter Mann. Glauben Sie nicht, was Koczulek spricht.«

»Aber wenn Sie möchten, erzähle ich Ihnen die Geschichte von Koziol von Anfang an, Pan Staszek. Sie werden ihn lange nicht gesehen haben und wollen das wissen, denke ich mir. Sie sind verwandt?«

»Nein, nein«, sagte Staszek, »ein Freund.«

»Ach, no das ist noch besser, weil von den Verwandten brauchst du dir nicht viel erhoffen auf der Welt. Die meisten sind Pack. Nehmen Sie mal die Schwester von mein Mann. Kommt jedes Jahr einmal auf Besuch, frißt sich voll und redet dann schlecht über uns, daß wir ihr nicht genug vorgesetzt haben. Oder seine Cousine…«

Pan Zdulko zog den Kopf ein.

»Die Geschichte von dem Koziol…« schob Staszek dazwischen, er saß wie auf Kohlen.

»Ja, das wollte ich erzählen.«

Und dann berichtete sie, daß Zdenek Koziol vor etwa zehn Jahren zusammen mit dem jetzigen Pfarrer Kowalski mit einem Auto hierher nach Kužnice Grodziska gekommen seien.

»Vorne ein Schofför.«

Koczulek habe damals gesagt, das Auto sei von der Regierung, dafür lege er die Hand ins Feuer.

Gut. Koziol sei ausgestiegen und habe dann mit Koczulek gesprochen. Und zwar habe er hier vor vierzig Jahren oder früher bei seinem Großvater Kuplic gelebt, und zwar in dem Haus, wo er jetzt wohnt. Er wollte wissen, was mit dem Haus sei.

»No, das Haus ist leer, es gehört keinem, weil der alte Kuplic starb, aber keine Verwandten sich gemeldet haben.«

Gegenstände seien keine übriggeblieben, er habe ja nichts besessen, nur was er am Leibe trug und schlechte Möbel. Dann seien sie zusammen mit Koczulek zu dem Haus gefahren, es war nicht mehr viel wert, und dann seien sie mit diesem Auto wieder weg, und nach ein paar Tagen sei Koziol mit dem jetzigen Pfarrer und mit einem Lastwagen voller Ziegel und Zement vorgefahren.

»Und die Papiere hatte er auch. Schön gestempelt von der Regierung mit allem Drum und Dran, war nicht dran zu rütteln, und Koczulek hat gesagt, er hat herausgefunden, daß der alte Koziol dort in der Regierung einen Freund sitzen hat, dann anders geht so was nicht so schnell, Pan Staszek, nicht in Polen.«

Nun käme aber etwas, sagte Frau Zdulko, was interessant sei. Damals nämlich hätten noch zwei, drei Leute hier gewohnt, welche den Krieg überlebt hätten und die hätten den Pfarrer Kowalski wiedererkannt.

»Obwohl er sich verkleidet hatte. Trug einen Anzug wie jeder Mensch, keinen Kragen wie ein Pfarrer.«

Aber diese zwei oder drei Kriegsveteranen hätten sich erinnert, wie Kuźnice im Krieg von den Deutschen überfallen worden sei und wie diese aus irgendeinem Grund ein Massaker an den Bewohnern angerichtet hätten. Dann seien die Deutschen plötzlich wieder abgezogen und hätten die Leute, Tote und Verwundete, einfach so liegengelassen.

Nicht viel später seien dann die Partisanen gekommen und hätten sich um die Leute gekümmert. Viele, die noch nicht ganz tot gewesen seien, hätten um die letzte Ölung gebettelt.

»Weil, Sie werden wissen, Pan Staszek, der Mensch, welcher ohne letzte Ölung stirbt, kommt in die ewige Verdammnis, das hat man so gelernt. Das möchte keiner auf sich nehmen, und dafür braucht der Mensch die letzte Ölung.«

Pan Zdulko machte mit der Hand eine wegwerfende Bewegung und schüttelte den Kopf. Er glaubte das nicht und murmelte: »Operettentheater.«

»Jajaja, du wirst es erleben, wenn du einmal tot bist. Also die Leute haben erbärmlich geweint und wollten nicht so sterben. Da gab sich in ihrer letzten

Not einer von den Partisanen als ein Pfarrer zu erkennen. Er vergab ihnen ihre Sünden, salbte sie mit der letzten Ölung, und sie konnten glücklich mit Gott sterben. Heute sind sie im Himmel.«

Zdulko schüttelte hinter dem Rücken der Frau mit dem Kopf, verzog das Gesicht und tippte sich vorsichtig an die Stirn.

»Sehen Sie, und dieser Partisan war Pfarrer Kowalski. Denn drei, vier von diesen Menschen überlebten die letzte Ölung und wohnten dann weiter in Kużnice. Und weil man so einen Menschen wie Kowalski niemals vergißt, erkannten sie ihn wieder.«

Sie hatte, während sie das erzählte, Brot aus einem Blechkasten geholt und auf den Tisch gelegt. Dazu ein Messer und einen Topf mit Schmalz und Salz.

»Sie sprachen ihn darauf an, und weil wir seit paar Jahren keinen Pfarrer hatten, mußte er sich zu erkennen geben, und wir ließen ihn nicht mehr weg.

Wir haben die Kirche wieder sauber gestrichen und ihm eine Stube gebaut, wo er wohnen konnte. Es gab noch paar Hostien, welche eine alte Frau gehütet hatte, die früher die Kirche sauber machte, und sie haben ihm auch wieder ein Meßgewand gehäkelt. Und seit er hier ist, wohnt bei uns das Glück. Denn er hat zuerst uns allen unsere Sünden vergeben. Man macht ja immer wieder paar kleine Sünden untereinander. Aber seit er hier ist, haben wir Gott bei uns. Ist das nicht schön, panowie?«

Staszek hörte sehr aufmerksam zu.

Der alte Zdulko – aber was heißt alt? Er war vielleicht fünfundfünfzig, die Arbeit hatte ihn so abgenutzt, daß er sich wie eine Holzfigur bewegte – stopfte sich eine Pfeife aus einer verbeulten blechernen Zigarilloschachtel, auf die Marcell sich stürzte, um die Marke zu entziffern und hier vielleicht eine Entdeckung zu machen, aber leider war nichts mehr zu erkennen. Die Leute sammeln ja alles, was älter als fünf Jahre ist.

Blechschachteln, Reklameschilder von Persil und Nigrin, einen kennt man, der sammelt Apfelsineneinwickelpapiere. Meistens handelt es sich bei diesen Leuten um Intelligenzler, Städter, aber mittlerweile hat diese Sitte auch die Landbevölkerung befallen. Die freilich nur, um das Gesammelte eines Tages an die Stadtbevölkerung zu verhökern. Man sah Marcells Gesicht an, wie sehr er bedauerte, daß die Zigarilloschachtel des alten Zdulko so abgewetzt war. Aber wetzt das Leben mit der Zeit nicht alles ab oder macht es unleserlich?

Zdulko bot Staszek von seinem Tabak an. »Der wächst mir im Garten, probieren Sie, wir haben hier gute Erde. Ernte von letzten Jahr.«

Staszek probierte, zündete die Pfeife an und blies den Rauch in Richtung Ofen, wo er im Abzug verschwand. Marcell nickte anerkennend mit dem Kopf und ging zum Ofen, schaute durch den Abzug, wobei er herauszufinden suchte, wohin der Rauch verschwand, denn wenn man so einen Ofen baut, dann sollte der Rauch von einer Pfeife aus einem Meter Entfernung ohne Abweichungen und zügig den Weg durch das Ofenloch nehmen. Dann ist der Zug in Ordnung. Andererseits soll der Zug aber auch wieder nicht ZU stark sein, weil sonst die ganze Wärme hinauszieht. Das muß man nicht extra sagen, nicht wahr? Marcell verfolgte also den Zug des Ofens und fand den Schornstein in einem der beiden Zimmer, wo er freilich auch wieder das Zimmer mitwärmte. Er ging nach draußen, betrachtete den Schornstein, schätzte die Höhe und schüttelte den Kopf, als er wieder die Stube betrat: »Nach allen architektonischen Rechnungen kann dieser Ofen gar nicht ziehen, ich kenne mich aus. Das soll einer verstehn! Da gibt es Berechnungen und Erfahrungswerte, die das eine besagen, und dann kommt ein dummer Bauer, macht alles ganz anders und DAS ist es dann.«

Marcell interessierte sich besonders für Öfen. Er wollte in jedem der Zimmer in seinem Haus in Südfrankreich einen gutziehenden Kamin einbauen – »Was eine Kunst ist«, pflegte er zu sagen –, und ER, Marcell, würde sie erlernen. Alle Stadtintellektuellen haben dieses Leben in der freien Natur nach den Gesetzen des Kosmos im Sinn, später, oder jetzt schon mit dem Zweithaus in der Toscana. Oder Südfrankreich, je nach Lage der Ausgangsposition.

Marcell hatte sich ein Kissen in den Rücken gelegt und sich auf die Bank zwischen Ofen und linker Wand geklemmt, was uns sofort eine gewisse Bequemlichkeit brachte, weil wir so mehr Platz um den Tisch herum hatten, ihm aber den direkten Blick in die Glut versperrte, welche noch auf dem Vorderteil der Feuerstelle vom Kochen her vor sich hin glomm. Darum stand er bald wieder auf und fand einen alten Lehnstuhl, nahm das Kissen mit, legte es bedächtig auf die Sitzfläche und stellte ihn so, daß er die Glut sehen konnte. Es roch nach Rauch. ›Guter Geruch‹, dachte Marcell wahrscheinlich.

Der alte Zdulko schaltete an einem lebensgefährlichen Lichtschalter das Licht ein, die Lampe war aus geschwungenem Glas. Aus den Zwanzigern, hätte Marcell feststellen können.

An den Wänden hingen ein paar vergilbte Bilder, billige Heiligendrucke, Częnstochau war nicht weit weg. In einer Ecke schräg eingekeilt wieder ein dünnes Brett mit der schwarzen Madonna, ein rotes Glas davor mit einem Ölflämmchen und die selbstgefalteten, ausgeblichenen Papierblumen. Die Türen waren roh und blankgescheuert, ganz sicher nicht aus Gründen der Raumgestaltung, sondern weil sie keine Farbe hatten. Hätten sie welche gehabt, hätten sie die Türen und alles ringsum gern gestrichen. Dabei ist gerade das Rohbelassene, Ungekünstelte, Nichtgestrichene, also mühselig Abgebeizte genau das, was unsere Städter so lieben. Kaufen sie ein Haus, wo Türen und Holzteile gestrichen sind, verwenden sie unendlich viel Mühe, die Farbe zu entfernen. Es gibt Spezialisten für die Farbentfernung, und die leben nicht schlecht, bei Gott, nein. Sie haben immer Arbeit und werden gut bezahlt.

»Wie heißt der Pfarrer mit Vornamen?« fragte Staszek nach einer Weile.

»Zbigniew möcht ich meinen. Was für ein heiliger Mann! Lebt von nichts, hat nichts, will nichts haben, spricht nicht viel, aber alles ist von selber wunderbar gut.

Braucht ihn einer, ist er da. Hilft dir sogar das Dach reparieren. Hat nicht mal gute Schuhe. Man sagt, er bekommt keinen Złoty Gehalt von der Kirche. Sammelt auch kein Geld in Opferstock. Geht hier manchmal um die Mittagszeit herum und dann weiß man, daß er was zu essen braucht. Mal bekommt er hier was, mal da, so hält er sich am Leben. Was für ein Mensch, Pan Staszek.«

Sie wischte sich die Hände an ihrem Kleid ab.

»Schläft dort in der Kirche in der kleinen Stube. Was hat er schon an Möbeln? Man kann sagen: nichts. Hat keinen Mantel, keine Mütze. Und was das Beste ist, du brauchst nich mehr zu Beichte gehen, vergibt deine Sünden ohne Beichte.«

»Er heißt Zbigniew? Sind Sie sicher, daß er Zbigniew heißt?« fragte Staszek noch einmal.

»Möcht ich so meinen. Heißt Zbigniew.«

Der alte Zdulko nickte: heißt Zbigniew.

Staszek schaute zu uns herüber: »Das ist Zbigniew, Zdeneks Freund.«

Staszek hatte einen roten Kopf, so wie er ausschaut, wenn er konzentriert arbeitet. Heißgelaufen. Die Pfeife war ihm ausgegangen, was auch nicht oft vorkommt.

Er hatte seine Tabakdose auf den Tisch gelegt. Der alte Zdulko betrachtete jetzt die alte Dose und sagte:

»Hundert Jahre alt, hatte mein Vater genauso. Gibt es nicht mehr. Schöne Dose.«

Je weniger Gegenstände einer besitzt, um so besser kennt er sie.

Warum nahm so ein gottverdammter Stromer wie Zbigniew die Stelle eines Pfarrers in einem Dorf wie diesem an, und wie kam es, daß sie ihn obendrein noch für einen heiligen Mann hielten? Und was sagte der Bischof dazu, man würde ihn doch nicht dulden? Staszeks Neugierde und Jagdfieber hatten längst auch uns erfaßt. Woher kam die schwarze Limousine, mit der sie hier angekommen waren? Was hatten sie mit der Regierung am Hut – alles das war nicht so leicht zu begreifen.

Und warum fragte uns der alte Zdulko nichts, aber auch gar nichts? Nahm uns hin, als wären wir immer dagewesen. Dachte Zdulko überhaupt irgendwas, und wenn ja, was? War er besser dran als Marcell, der den Abzug des Ofens erforschte und die geheime Mechanik der Weltmaschine zu erkennen suchte?

Pole hin oder Pole her, aber er konnte doch nicht ohne einen Gedanken im Kopf leben. Hatten diese Leute hier keine innere Oper oder Operette, die sie ablaufen ließen, jeder Europäer lief schließlich mit seinem Drama herum, das er mehr oder weniger vorführte oder auf Krankenschein ein Leben lang behandeln ließ. Sofern er keinen Lebenspartner als ewigen Zuschauer hatte.

Doch sie hatten wohl auch eine innere Oper. Für Koczulek war es die Lehre vom Suff, für seine Frau die Strumpfhose, die sie zur Filmdiva machen und die sie nie erlangen würde. Nur beim alten Zdulko fiel uns partout nichts ein, was ihn bewegte und am Leben hielt.

Und wie würden wir uns hier je duschen oder gar baden können? Jetzt verstand ich immer mehr, warum ein Pole mit der ersten Dusche bei seiner Geburt das ganze Leben lang auskam. Er hatte gar keine Wahl, er MUSSTE damit auskommen. Bei der Geburt paßte der Pole noch in einen Blecheimer, später nicht mehr. Und DAS bestimmte wohl sein Leben: rein in'n Eimer, raus aus dem Eimer. Und aus.

Und was war mit Zbigniew Kowalski? Hatte er auch seit zehn Jahren nicht mehr gebadet, und weil die Gedanken so hörbar sind wie das gesprochene Wort, sagte genau in diesem Moment Josef Zdulko, daß hier in der Nähe ein Teich sei. Sogar zum Fluß Pilica könne man gehen und sich baden. Jemand habe einmal Kowalski und Koziol zusammen mit ihrer Java dort gesehen, und sie hätten gebadet.

»Nackt«, sagte die Frau, »aber wie Sie sehen, nimmt er nicht einmal für sich selber die Sünde in Anspruch. Nacktbaden wäre Sünde, aber er spricht sich frei davon. Wie ein Heiliger.«

Einmal in der Woche bekäme er ein Brot von ihr. »Für Gottes Lohn, das gehört sich so.«

Josef Zdulko nickte zweimal.

»Man sagt, beide sind schon Freunde das ganze Leben. Man sagt, auch der alte Koziol war bei die Partisanen.«

Marcell holte eine Wurst aus dem Auto, legte sie auf den Tisch, die beiden sollten doch mitessen. Wir schnitten uns Brot ab; Staszek aß nicht mit, er war zu erregt, er konnte nicht genug erfahren von Marie Zdulko und drängelte. Was ist denn die Rückseite von diesen zwei merkwürdigen Leben, die sie hier auslaufen lassen in einer Gegend, die du nicht begreifst? Das ist doch nicht das, was einer sich so ausmalt, wenn er an seinen ›Lebensabend‹ denkt.

Marcell verstand nicht viel von dem, was geredet wurde, weil er nicht genug Polnisch verstand und schon gar nicht dieses goralische Gebelle. Er lief ständig herum und untersuchte dann draußen die Pumpe, wohl weil er sich noch nicht damit angefreundet hatte, daß ein Pole nicht duscht.

Sollten wir noch heute zu Zdenek Koziol gehen? Es war schon dunkel, und weil Staszek wußte, daß Zdenek ihn nicht kannte, denn jenes versoffene Fest auf dem Schiff mußte er längst vergessen haben (wer merkte sich schon einen Jungen über ein Leben lang?), kam dieses gar nicht in Frage.

»Manchmal treffen sie sich bei Koczulek im Laden und kommen fernsehen. Sie sprechen wenig zusammen, möchte besser sagen, sprechen gar nicht. Trinken bloß Wasser. Bloß Wasser, kann sie einladen wer will, immer bloß Wasser. Für ein Pfarrer ist das gut, aber so einer wie der alte Koziol bloß Wasser? Pan Staszek? Ich bitte Sie! Etwas Schnaps schadet kein Menschen, schon wegen der Gesundheit und als Medizin Gottes.«

Zdulko brachte in einem Blechkrug Wasser von draußen zum Trinken für uns, stellte noch vier Tassen auf den Tisch, mehr hatten sie nicht, abgeschlagen und zerkratzt, zwei ohne Henkel, eine Tasse für sich selbst, die Frau trank dann mit aus seiner Tasse. Das Wasser war kalt und schmeckte polnisch. Ein wenig nach dem Geruch des Dorfes: Lehm, Latrinen und feuchtes Holz.

Dann erzählte Marie Zdulko, daß Koziol manchmal für längere Zeit wie vom Erdboden verschwinde. Er gehe dann zu Koczulek telefonieren, spreche in einer fremden Sprache, so daß Koczulek nicht verstehen könne, was er sage, und am nächsten Tag käme wieder dieses schwarze Auto mitsamt Schofför, und dann führen sie weg.

»Koczulek ließ schon mal in seinem Suff verlauten, daß Koziol könnte ein eingesetzter Spion der kommunistischen Regierung sein, weil so was, das könnte man sich nicht erklären. Und für was eine fremde Sprache, welche keiner versteht? Wir möchten da etwas vorsichtig sein. Auch ist zu bedenken, daß wir niemanden von der Partei hier zu sehen bekommen, welcher kassieren kommt und Lebensmittel beschlagnahmt.

Normal ist das nicht, Pan Staszek, das ist nicht normal.

Bloß andererseits ist Koczulek so ein Schwein, und die beiden anderen sind solche guten Menschen, wenn man vergißt, daß einer verrückt ist.«

Die Frau sagte zu ihrem Mann, er solle doch Holz

holen, den Ofen auf die Nacht für die Herrschaften etwas heizen. »Im Mai ist hier noch kein Sommer.«

Es war inzwischen dunkel, und Marcell war sehr glücklich mit dieser polnischen Stimmung. Fast wie in Südfrankreich, es riecht nach Holz und Latrine, und du schaust in die Glut, und er ging hinaus und holte eine Flasche Wein, die er auf den Tisch stellte.

Einen Tag nachdem der alte Zdenek telefoniert habe, würde er also, eine kleine Tasche unterm Arm, mit dieser Limousine wegfahren.

»Wäre er ein Verrückter, Pan Staszek, würde die Regierung ihm so ein Schofför schicken? Sagen Sie mir das!

Paar Wochen später bringt ihn das Auto wieder zurück, und er steigt dort bei seinem alten Haus aus. Das kommt einem vor wie ein Geheimnis, nicht wahr?«

Staszek nickte. Und stopfte sich seine Pfeife. Dann sah er die Flasche Wein und machte sie auf. Gläser hatten die Leute nur zwei, macht nix. Staszek goß Wein in die Gläser und in drei Tassen, und der alte Zdulko probierte, gab den Wein dann seiner Frau und sagte, das kenne er nicht. Der Frau schmeckte er nicht schlecht und sie trank ihn mit einem Zug aus. Marcell stand schon auf, um eine weitere Flasche zu holen, aber Frau Zdulko hielt ihn zurück, ihr Gesicht war schon gerötet, und sagte: »Lassen Sie, lassen Sie«, was er, wenn auch nicht über die Worte, so doch über die Geste verstand und sich wieder hinsetzte, während sie aus einer Kammer Rhabarberwein holte, der sehr gut schmeckte. Wobei nicht zu sagen ist, ob es von der polnischen Stimmung kam, die in der halbdunklen Stube aufkam, von dem Feuer und dem sauren Brot, aber sagen wir doch: es war ein merkwürdig schöner Abend.

Sie schwiegen jetzt, so daß Marcell nicht mehr herumlaufen mußte und auch mal das eine oder andere in seinem Polnisch anbringen konnte, was die beiden Leute gut verstanden. Sie verstanden ja auch die Fernsehsendungen, wie man vermuten darf, so wie die Schwaben schließlich auch Deutsch verstehen.

Doch wurde mehr geschwiegen als geredet. Man hörte den alten Zdulko an seiner Pfeife ziehen, hörte Staszek an seiner Pfeife ziehen, das Feuer knisterte, und da hinein sagte Frau Zdulko: »Ich geh zu meiner Schwester ihr sagen, daß ich dort schlafe. Der Zdulko schläft hinten bei dem Stall.«

Wir wollten das nicht dulden, wir wollten die beiden nicht aus ihrem Bett vertreiben, Bezahlung hin oder her.

»Nein, nein«, sagte Frau Zdulko, »er hat dort immer geschlafen.«

Es gab auch keine andere Lösung. Denn im ganzen Dorf gab es kaum eine übrige Stube. Dazu machte die Vorfreude der Frau auf die Bezahlung sie dann doch wieder so glücklich, daß wir es dabei beließen, und sie ging hinaus aus dem Haus zu ihrer Schwester.

Staszek starrte in das Feuer, Marcell drehte Zdulkos Zigarilloschachtel hin und her und untersuchte immer noch alles von den Türklinken bis zu den Nägeln im Holz. »Handgeschmiedet«, sagte er.

Zdulko schaute ihm zu und sagte: »Ja, ja. Wie die Zeit so vergeht mit der Zeit.«

Wir tranken nicht mehr viel von dem kostbaren Rhabarberwein der Leute, auch weil die Kopfschmerzen sich schon leicht ankündigten.

Es war elf Uhr geworden, als Frau Zdulko nach einer Weile zurückkam und noch ein Kissen brachte, und dann verabschiedete sie sich, wünschte eine »sehr gute Nacht zu schlafen« und »schlafensiegut«, erklärte noch einmal die Benutzung, besser: NICHT-benutzung der Latrine und bot einen alten Marmeladeneimer an für »wenn einer sich den Weg sparen möchte. Ist ja nichts dabei...!«

Der alte Zdulko schob die Glut nach hinten und deckte sie mit Asche zu. Damit sie sich bis morgen hielt, er brauchte das Feuer dann nur noch anzublasen. Dann ging er zum Stall, dort hatte er eine Pritsche mit einem Stohsack. Nahm auch noch das Kissen mit und eine Decke, die, wenn man sich auskannte, leicht als Exemplar aus alten Wehrmachtsbeständen im Zweiten Weltkrieg zu erkennen war. Man hörte, wie er sich unter der Pumpe wusch.

Staszek ging nach draußen, der zunehmende Mond hatte seine Hälfte überschritten, und es war hell genug, um die Häuser deutlich erkennen zu können. Tausend Frösche quakten, sonst hörte man nichts. Erst dann, als wir zu dritt zwischen den Häusern herumgingen, fingen die Hunde an zu bellen, und wir kehrten in Zdulkos Haus zurück, um die Ruhe nicht zu stören. Aber vielleicht waren die Hunde ja auch froh, einmal nützlich sein zu können.

Der Hühnerdreck, die Misthaufen und jetzt auch der Rauch aus den Schornsteinen rochen nachts viel intensiver; vielleicht war es die Stille, die all das stärker hervortreten ließ.

Bei Koczuleks war es finster, aber in anderen Häusern brannte noch Licht, dort rätselte man wahrscheinlich über die merkwürdigen Ausländer, denn welcher vernünftige Mensch kam schon nach Kuźnice? Wenn er nicht merkwürdige Absichten hatte.

»Sie müssen Verwandte sein von dem verrückten Koziol«, würden sich die Leute vielleicht sagen. »Sie jagen nach einer Erbschaft, was sonst? Bei Verrückten kann keiner wissen, ob sie nicht Millionäre sind. Alle Millionäre sind verrückt. Kein Wunder. Hat einer eine Million auf einmal, muß er verrückt werden.«

Wir aber konnten nicht umhin, uns notdürftig unter der Pumpe zu waschen, und das Wasser war hundeelend kalt. Dann stiegen wir in die klammen, schweren Federbetten.

»Stahlfedern mit Daunen versetzt«, hörte ich Marcell sagen.

Die Matratzen oder Strohsäcke, oder auf was auch immer wir lagen, hingen durch, und ich konnte lange nicht einschlafen.

*

Als ich aufwachte, war ich wie gerädert. Staszek ging es nicht anders. Marcell hatte geschlafen wie ein Bleisack.

Und die Flöhe bissen bestialisch.

Es mochte sieben gewesen sein, als Frau Zdulko in der Küche so laut versuchte, keinen Lärm zu machen, daß wir schließlich hinausgingen.

»No, gut geschlafen, die Herren, es gibt ein Ei für jede Person und gutes Brot. Möchten Sie, daß ich Milch besorge, einer hat hier eine Kuh, da müßte ich ihm bissel was dafür geben. Oder wenigstens schon versprechen. Paar Socken möcht er, hab schon verhandelt für Sie. Grün, haben Sie grüne? Weil das paßt zu seim Anzug. Hat ein grün Anzug geerbt nach seinem Vater.«

Uns graute allen dreien vor warmer Kuhmilch, und Staszek holte Kaffee aus dem Auto, auch für die Zdulkos, doch der Mann war längst im Wald. Das Brot war etwa eine Woche alt, und weil das Feuer schon glühte, röstete es Marcell als angehender Landbewohner und Fachmann für das Landleben an einer Gabel. So schmeckte es einigermaßen, auch wenn es viel zu sauer war.

»Verbrennen Sie das nicht, Herr Franzose«, mahnte Frau Zdulko; die Anrede war als Scherz gemeint. Dann sagte sie: »Die Leute warten schon und wollen fragen, was Sie so gebracht haben. Sie möchten etwas tauschen.«

Staszek holte einiges, verteilte etwas, nahm hier und da auch ein paar dörfliche Lebensmittel an und sagte schließlich auf französisch zu uns: »Wenn ich Ihnen jetzt schon zu viel schenke, werden wir sie nicht mehr los, bis keine Schraube mehr am Auto ist.

Die Polen sind nicht bescheiden. Wenn sie so eine Quelle entdeckt haben, gehen sie nicht weg, bis sie alles haben.«

Währenddessen war Marcell im Dorf herumgegangen. Jetzt kam er aufgeregt wie ein fündiger Jagdhund zurück und gab bekannt, er werde verrückt. Er habe in der kleinen Kirche Bilder entdeckt... Bilder, sagte er, da werde er verrückt. Und er kümmerte sich nicht weiter um Staszek mit seinen milden Gaben, kramte im Auto seine zehn Kameras heraus, er hatte immer eine Unmenge dabei, um in jeder Situation den passenden Film und das richtige Objektiv zu haben. Zudem war er ein Photofreak.

Staszek war noch mit den Leuten beschäftigt, machte sich dann aber los und sagte ihnen, wir wären noch länger hier. Was er an Lebensmitteln – Eier, etwas Speck, einer bot uns an, ein paar Fische aus dem Teich zu holen – bekam, gab er an Frau Zdulko weiter. Für eine Dose Kaffee hatte er ein Huhn bekommen, und Maria Zdulko kündigte für den Abend eine ›scheene‹ Hühnersuppe an.

»Hosenträger für mich und Nähnadeln für die Frau«, wünschte sich der Mann, der die Fische versprach. Fische waren uns sehr recht. Dann aber gingen wir Marcell zur Kirche nach. Die Tür stand offen. Marcell hatte bereits seine Kameras aufgebaut und stiefelte um den Altar herum.

Altar, was heißt da Altar! Da stand ein Tisch, der mit einem geflickten weißen Tuch bedeckt war, ein Holzkreuz mit einem aus Blech geschnittenen und arglos bemalten Jesus.

So konnte man Jesus lieben. Da war kein Fehl an ihm, da hatte einer mit reinem Herzen gemalt, und wer ein Auge dafür hatte, hätte hier vor Freude weinen können.

Die Kirche war ein Raum von vielleicht sechs mal acht Metern, weiß gekalkt mit den gleichen lehmgeschmierten Mauern, vier oder fünf Meter hoch. Oben war das Holzdach nicht verkleidet, die Schindeln waren zu sehen, auf der rechten Seite hatte es durchgeregnet, vielleicht war auch Schnee geschmolzen, und man hörte auf dem Dach jemanden hämmern.

Da waren etwa acht Bänke ohne Lehne.

Und es roch nicht nach Weihrauch.

Es roch nicht nach dem, was manch einem Katholiken Magenschmerzen auf Lebenszeit verursacht. Dieser Geruch, der dich daran erinnert, daß du als Sünder geboren wurdest, ein Sünder bleibst, weil du die göttlichen Forderungen nie erfüllen kannst und wohl auch als Sünder in die Verdammnis eingehen wirst. Denn ob Gott dir vergibt oder nicht, erfährst du erst am Jüngsten Tag. Zu spät also. Du armer Hund.

Hier aber roch es großartig.

Ein wenig nach verbranntem Harz, dann nach dem Holz der Bänke, auch nach dem Geruch des Dorfes, der durch die Tür hereinwehte. UND EIN WENIG NACH MAHORKA. Nach diesem verdammten Mahorka, für den du alle Wüsten durchquerst, um wieder in deine Heimat zu kommen.

Und dann waren hinter dem Altar rechts und links je ein Engel an die Wand gemalt.

Polnisch gemalt.

Wie ein Pole die Engel kennt und beschreibt.

Mit Flügeln, mit einem Hemd und barfuß.

Sie schweben, sie stehen nicht, natürlich schweben sie, sie sind keine Geschöpfe der Erde.

Die Farben waren nicht die der Sixtinischen Kapelle, es waren eher die, welche es seinerzeit wahrscheinlich bei Koczulek zu kaufen gab, um Wände und Zäune zu streichen, und von denen wiederum nur die, welche dem Herrn Maler zur Verfügung standen, also drei. Hellblau, rötliches Braun und dunkles Braun, vielleicht aber auch Schwarz, und das alles immer wieder untereinander gemischt, dazu natürlich Weiß. Das Weiß der Wände. Gemalt mit der Verzückung der Seele und offensichtlich zwei Pinseln in verschiedener Breite. Die Engel und der Jesus aus Blech stammten wohl vom gleichen Künstler. Jesus war mit öliger Farbe angestrichen, die Engel matt.

Marcell hatte recht gehabt: da kannst du verrückt werden vor Glück, wenn du das Glück hast, das zu erkennen.

Durch ein Loch im Dach fiel eine Schindel herunter, traf aber keinen der Photoapparate und auch nicht Staszek, traf genaugesagt keinen, was auch nicht geschadet hätte, denn das Holz war im Laufe der Zeit so leicht geworden, daß die Schindel nicht einmal senkrecht nach unten fiel, sondern herabsegelte.

Von oben durch das Loch schaute einer herunter, verschwand wieder.

Als dann der Hammer herabfiel, kam der von oben herunter, um ihn zu holen. Ein alter Mann, etwas über die Siebzig vielleicht, von aufrechter Gestalt in grauen Unterhosen und einem ebensolchen Hemd, beides arg mitgenommen von den Jahren und mit Löchern, soweit sie nicht geflickt waren. Cowboys tragen solche Kleidung in Western-Filmen, wenn sie laut Regieanweisung lächerlich erscheinen sollen.

Er war merkwürdig heiter und wunderte sich nicht, hier Fremde anzutreffen. Grüßte, indem er mit dem Kopf nickte und sich dann seiner Schindel zuwandte.

Er war etwa einen Meter achtzig groß, die Haare und der Bart vor vielleicht vier Wochen geschoren und jetzt einen Zentimeter lang. Barfuß. Nahm die Schindel, ging weg, kam zurück, schaute Staszek mit schmalen Augen an und sagte: »Ich kenne dich. Du bist der Junge, der einmal auf diesen verdammten Millionärspott stieg. Nackt und besoffen. Du verdammter Lumpenhund, nackt und besoffen, und dann mußten sie dich ins Wasser werfen, weil du auf die Weiber losgingst. Was machst du hier, Elender, am Arsch der Welt? Und wie heißt du noch gleich?«

Er packte Staszeks Hand und schüttelte sie. Schlug

ihm dann auf die Schulter. Packte ihn mit beiden Pranken und schüttelte ihn.

Staszeks Gesicht fing an zu leuchten, er trat von einem Fuß auf den anderen, bis sie beide anfingen zu tanzen.

»Ich muß mich bekleiden, Jungs, kommt!«

Wir gingen hinter die Kirche, wo eine selbstgezimmerte Leiter ans Dach gelehnt war, eine Sprosse fehlte in der unteren Hälfte. An einem Nagel hing eine Art Kutte oder dieses Kleidungsstück, wie die Araber es in Nordafrika tragen. Zwischen Braun und Schwarz und stellenweise zusammengeflickt, wobei der Nähende sich nicht die Mühe gemacht hatte, einen passenden Faden zu suchen, also manchmal Grau, aber auch rote und grüne Fäden waren dabei.

Der Alte warf sie über den Kopf und zog ein Paar Stiefel an, Soldatenstiefel, ausgelatscht und aus hartem Leder. Um den Leib einen Riemen mit einem Schloß. Koppel der französischen Armee, Erster Weltkrieg. Der, dem es gehört hatte, dessen Knochen waren längst vermodert.

»Staszek«, sagte Staszek, hieße er.

»Ja, ja«, erinnerte sich Zbigniew, »du warst uns aus Paris nachgereist. Und wolltest wissen, wie wir dieses fröhliche Leben auf die Beine brachten, du Karnickel.«

Daß Staszek es ihnen damals erzählt hatte, wußte er nicht mehr. Genauso wie er nichts mehr wußte bis zu dem Augenblick, als er im Wasser aufgewacht war.

»Du verdammter Teufel!«

Sie schlugen sich immer wieder auf die Schulter, und Zbigniew führte uns in seine Stube. Ein kleiner Anbau an die Kirchenwand, ohne Zugang zur Kirche.

Ein Zimmer von vielleicht zwei mal drei Metern mit einer Pritsche zum Schlafen, einem kleinen Tisch und einem Stuhl. Einem Fetzen Teppich vor dem Bett, einem Kleiderhaken an der Wand, einem kleinen Fenster mit einer zerfallenen Gardine. Einer Glühbirne, die von oben herunterhing, die man aber mit einem Bindfaden beliebig überall ringsum befestigen konnte. Und einer Art Blendschirm aus Papier um die Birne. Die Wände sauber gekalkt, und auf dem Bett eine graue Decke. In einem Karton befanden sich, wie wir später erfuhren, Medikamente für die Leute im Dorf und ein paar Farben für den ›Herrn Maler‹, welche Zdenek ihm mitbrachte, wenn er in den ›Westen‹ flog.

Der verfluchte Kerl trug keine Hose unter der Kutte. Nur die Unterhose, andere Bekleidung besaß er wohl nicht. Draußen war eine Wasserpumpe mit einem Brett, das über zwei niedrige Mauern gelegt war, darüber hing eine Art Handtuch. Von einem kleinen eisernen Ofen ging ein Rohr durch eine Blechplatte durch das Dach.

»Du bist hier der Pfarrer, oder was?« fragte Staszek.

»Nein, nein«, lachte der Alte, »aber nein doch. Ich diene den Leuten im Dorf für ihre Not.«

Er winkte ab.

»Aber das geht doch nicht...«

»Ich konnte nicht ausweichen.«

»Der Bischof kann das doch unmöglich dulden, du bist ja nicht einmal ein Christ.«

»Der Bischof weiß von nichts, und ein Christ muß man nicht sein, um ein Christ zu sein.«

Wir waren in die Kirche gegangen, wo Marcell noch immer herumfuhrwerkte. Zbigniew schien das nicht weiter zu wundern, er sagte: »Ja, ja, Sladko malt ohne Argwohn und ohne Bedenken Gott und Engel und Schweine und Kühe. Das geht, da hat er keine Schwierigkeiten.«

»Ist Sladko der Maler?«

Marcell wollte es wissen.

»Sie halten ihn für einen Narren.«

Zbigniew nahm den Jesus aus Blech vom Altar. Das, sagte er, sei der einzige Gegenstand, den er gern von hier mitnehmen würde, wenn er einmal fortginge.

Wir verließen die Kirche wieder, und Staszek sah so aus, als müsse er ganz schnell alles wissen, als hinge seine Seligkeit davon ab und als habe er nicht mehr genügend Zeit, alles zu erfahren.

»Wie absurd mir das vorkommt, daß du hier ein falscher Pfarrer bist. Du verdammter Jakobiner.«

Hinter der Kirche war eine Art Bank, ein Brett auf Steinen, auf die wir uns setzten. Zbigniew war immer noch voller Freude, hier diesen Staszek von dem Schiff getroffen zu haben.

Deswegen redete er so viel, er war nicht der Typ, der nach viel Reden aussah.

»Also eine lange Geschichte. Viel zu lang zum Erzählen…«, begann Zbigniew und schaute über die Felder. »Wir waren damals hier in der Gegend bei den Partisanen, der Zdenek und ich. Du weißt: der Zdenek mit der Trompete, der damals mit auf dem Schiff war.

›Steve Pollak‹. Er wohnt hier, da.«

Zbigniew stand auf, zog Staszek zur Ecke und zeigte auf das Haus, das wir schon kannten.

»Wir kämpften in den Wäldern, die Deutschen haßten uns, und wir haßten die Deutschen, fanden sie einen, Schuß ins Genick und aus. Legten wir einen von ihnen um, massakrierten sie das nächste Dorf, und genau dies passierte eines Tages. Einer von ihren Leuten, ein Offizier, war verschwunden. Sie nahmen an, wir hätten ihn umgelegt, und fingen an, die Leute von Kużnice zu erschießen. Aber dann wurde er besoffen in einem Haus gefunden. Er hatte den Wodka falsch eingeschätzt und nicht vertragen. Genau in dem Haus, wo jetzt dieser Laden ist. Koczulek. Sie hörten mit dem Massaker auf, zogen ab und ließen die Toten und Halbtoten liegen.« Zbigniew machte eine Pause. »Als wir in das Dorf kamen, weinten die Verwundeten entsetzlich. Nicht so sehr wegen der Schmerzen, sondern aus Angst vor dem Gericht Gottes, aus Angst, sie seien unwiderruflich und für alle Ewigkeit verloren, wenn sie ohne Priester stürben. Wie viele müssen doch ohne Priester sterben, was ist das für eine Teufelei, den Menschen das Mysterium des Todes zu verderben …?«

Staszek rutschte unruhig auf der Bank herum.

»Weißt du, wie furchtbar es ist, die letzten Minuten seines Lebens in Furcht zu verbringen? Kann es sein, daß die letzte Stimmung die ist, welche du in die ewigen Jagdgründe mitnimmst, falls es sie gibt, und bist du dann dort in ewiger Furcht?

Ich konnte das jedenfalls nicht mit ansehen und so gab ich mich als Priester aus. Zdenek war bei den Jesuiten und kannte die Zeremonien, er war Ministrant, und ich legte mir ein weißes Tuch über den Ärmel und vergab den Sterbenden ihre Sünden. Salbte sie mit Maschinenöl, das wir für unser Motorrad hatten, und sie starben selig und voller Glück. Damals hatte ich schon begriffen, daß es nicht das Öl ist, worauf es ankommt. Bist du katholisch?«

»Nein«, sagte Staszek.

»Der letzte Augenblick des Lebens muß groß und frei sein, denn was sich da ereignet, erlebst du nur einmal im Leben. Du mußt in den Tod GEHEN. Du mußt ihn ein Leben lang üben, damit er dich nicht überfällt.«

Hinter den Feldern von Kuźnice Grodziska beginnt das Jenseits.

Zbigniew stand auf und ließ kaltes Wasser über seine Hände laufen. »Zurück nach Kuźnice!«

Er setzte sich wieder auf die Bank, zog einen Stiefel aus, zog sein Bein unter den Hintern und setzte sich darauf. Seine Füße sahen gelenkig und sehnig aus, wenn auch ein wenig verkrümmt. Siebzig Jahre über die Erde gewandert und elfmal das Dach repariert. »Und dann, als wir mit Zdenek wieder hier ankamen, vierzig Jahre später, lebten noch drei von diesen Leuten und erkannten mich wieder. Ich sei der Priester, der ihnen das Leben gerettet habe, sagten sie, und ich solle nicht leugnen und sie bräuchten mich, denn der letzte Pfarrer sei vor Jahren hier abgezogen worden und so weiter. Na, und was machst du da? Wir waren hierhergekommen, um etwas zu klären. Jeder etwas anderes: Ich hatte einen Menschen in diesen Wäldern getötet, und Zdenek war hier die Kindheit für immer zerstört worden, daran litt er.«

Marcell kam zu uns.

»Aber wie kommt es, daß der Bischof von nichts weiß?«

»Kannst du dich an Leszek, den Matrosen, erinnern, der damals auf dem Schiff war?«

»Natürlich«, sage Staszek.

»Wir waren damals in den Fünfzigern in Paris doch alle Kommunisten, weißt du noch?«

Er wußte es noch. »Ich auch«, sagte er, »jeder glaubte an den Kommunismus.«

»Leszek ist als einziger Kommunist geblieben. Er ging zurück nach Warschau und sitzt an einer exponierten Stelle in der Regierung.

Damals hatte er seinen Job auf dem Schiff aufgegeben und war mit uns nach Cannes gegangen. Wir machten dreißig Schallplatten und eine Menge Kohle. Wir blieben etwa vier Jahre.«

Er zog den zweiten Stiefel aus und legte sein anderes Bein auf den Schenkel des Beines, auf dem er saß. Verdammt gelenkig für einen alten Mann.

»Bist du ein Yogi?«

»Nein, nein. Ich bin es nur so gewöhnt.«

Er lachte.

»Dann heiratete Zdenek Luzie und ging mit ihr nach Mailand und Rom. Ich ging nach Paris. Leszek kam mit, wurde aktiver Kommunist in Paris, bis er in Warschau landete. Er ist ein anständiger Mensch, und es gelingt ihm hier, einiges gutzumachen, was die Verbrecher der Partei anrichten. Er hat uns hergeholt und hält seine schützende Hand über uns. Er hat Kużnice sozusagen aus allen Registern gestrichen, keiner belästigt uns, und die Partei raubt die Leute nicht aus, weil wir auf keiner Liste stehen. Und der Bischof hält still. Vielleicht weiß er nicht einmal etwas davon.

Manchmal hat Zdenek Heimweh nach Paris oder muß Geld holen. Auch brauche ich Medikamente für die Leute, und Sladko braucht Farbe zum Malen. Dabei fährt der irre Geier nur in den Westen, um sich Bouillonwürfel zu holen. Er kann ohne Bouillonwürfel nicht kochen, sagt er.«

Zbigniew lachte los.

»Leider ist er seit einiger Zeit vom Wahnsinn befallen.«

Er sah besorgt aus.

»Irre geworden.«

Staszek schüttelte den Kopf und sah ratlos aus.

»Kam eines Tages im Zug zwischen Mailand und Rom mit einem Strichjungen ins Gespräch, einem Österreicher. Der erzählte ihm, er sei auf dem Weg in den Vatikan, von den Kardinälen bestellt. Zdenek wollte es nicht glauben, und der Junge schleuste ihn auf Schleichwegen in den Vatikan. An dem, was Zdenek dort sah und erfuhr, ist er irre geworden.«

Staszek schüttelte wieder den Kopf.

»Versteh ich nicht.«

»Du mußt bedenken, daß er in eine Jesuitenschule gegangen war. Und als er jetzt all das sah, befiel ihn erst Ekel, dann ein heiliger Zorn, und er raste durch die Zeitungsredaktionen, um alles an die Öffentlichkeit zu bringen. Die waren alle schwul, bis auf zwei, und trieben es offen, ohne Hemmungen. Man muß sich das einmal vorstellen: Zweitausend Jahre Sexualdiktatur über Millionen argloser ›Gläubiger‹ ausgeübt von ein paar gerissenen, scheinheiligen Scharlatanen. Aber die Zeitungen winkten ab. Das wisse doch längst schon jeder in Rom. Und da fing es bei Zdenek an.

Er sagt, in seinem Kopf rast eine Kreissäge herum, oder Mühlsteine, mit rostigen Nägeln dazwischen, kreisen in seinem Schädel. Zeitweilig verschwindet das, aber dann kommt es wieder. Er kann seinen Haß nicht ertragen. Und dann rast er wie ein Wahnsinniger mit seiner Maschine über die Felder.«

Zbigniew knetete seine Finger.

»Ein wenig Gicht in den Knochen. Die Maschine fuhren wir damals als Partisanen, eine Java 37 mit

Einzylindertopf. Bei Kriegsende vergruben wir sie, eingeölt und mit Lappen umwickelt, in einem Kartoffelkeller und schütteten den Keller zu. Sie war noch da, als wir wiederkamen.«

»Aber darüber kann man doch nicht wahnsinnig werden«, sagte Staszek.

»Weil du kein Betroffener bist.«

»Außerdem kann man sich das ja nun wirklich gut vorstellen, das mit den Schwulen im Vatikan«, sagte Marcell ...

»Genau daran wurde er irre. Er fand niemanden, der es ihm NICHT geglaubt hätte. Ganz Rom wußte es. Auch daß der eine nichtschwule Kardinal sich ein Callgirl in der Stadt unterhielt und seinen Cadillac ganz offen vor ihrem Haus stehen ließ. Jeder wußte Bescheid. Und seitdem will er dem Haß davonrasen und wird ihn nicht los. Er kann seinen Haß nicht ertragen. Er weiß, daß man im Haß nicht leben kann, aber er wird ihn nicht los. Der Haß schadet nur dem, der haßt. Nicht dem Gehaßten.«

Er zog wieder seine Stiefel an.

»Er redet nur noch von Jesus. Irrt über die Felder und haßt. Wenn sie in deiner Kindheit die Weichen falsch stellen und dir das falsche Programm eingeben, dann wirst du das nie wieder los. Wie ein Brandmal in der Seele, das zu entfernen selten gelingt. Die ersten Jahre des Lebens entscheiden das Leben, Staszko. Das ist das Unglück vieler Menschen.«

»Ich bin auch katholisch«, sagte Marcell, »und mir hat es nicht geschadet.«

»Und woran merkt man, daß Sie katholisch sind, Monsieur?«

»Ich bin getauft, zum Beispiel.«

»Ja«, sagte Zbigniew, »ja.«

Er hatte keine Lust mehr weiterzureden, stand auf und ging weg. Wir folgten ihm quer über das Feld.

»Man muß mehr lieben als hassen«, sagte Zbigniew, »sonst kann man nicht leben. Haß läßt sich nicht ganz vermeiden, es gibt manches, was man hassen muß. Aber man muß MEHR lieben, schon um seiner selbst willen, um gesund zu bleiben.«

Wir gingen entgegengesetzt zu der Richtung, in welcher Zdenek wohnte, als ob jeder vermeiden wollte, ihm zu begegnen.

»Wenn jemandem die Kindheit so versaut wurde wie dem Zdenek, dann kann man sich später noch so sehr davon befreien, irgendwann holt einen die Vergangenheit wieder ein. Dann kann er den Haß nicht vermeiden.

Und wenn einer betroffen ist wie Zdenek, wird er wahnsinnig.«

Zbigniew schaute Marcell an und sagte: »Nicht Sie, Monsieur.«

Sagte es ohne Haß, eher mit etwas Bedauern.

Marcell sah betreten drein. »Das ist die kurze Geschichte des langen Lebens des Ministranten Zdenek Koziol. Vielleicht erzählt er sie auch selbst einmal genauer, er ist zeitweilig normal.«

»Und du?« fragte Staszek. »Was ist mit dir und Gott?«

»Für mich existiert diese Frage nicht, schon solang ich lebe. Es war mir nie wichtig, ob es ihn gibt oder nicht. Käme er zur Tür herein, wäre es so, als wäre er immer dagewesen. Wir haben uns gekannt. Kommt er nicht, ist es auch gut. Ich hatte einen großartigen Vater, wohl den größten Menschen, den ich kannte. Er hatte einen Horizont so weit wie der Ozean. Die Frage Gott ja oder Gott nein existierte für ihn nicht. Er war Arzt und lehrte mich sehr vorsichtig, das Leben zu begreifen und gut damit umzugehen.

Das erste, was er mich lehrte, war: möglichst nie zu töten. Und möglichst nie zu lügen. Einmal mußte ich töten, im Krieg, einen Deutschen. Er hatte die Maschinenpistole angelegt und wollte gerade ein paar Pilzsucher im Wald umlegen. Und da zu wissen, ob du töten sollst oder nicht, das sag mal einer! Ich weiß es immer noch nicht und bin wiedergekommen, um es vielleicht herauszufinden. Käme ich von neuem in die gleiche Situation, ich würde ihn wieder töten und wüßte nicht, ob es richtig ist.

Ein Leben gegen die acht Leben der unschuldigen Pilzsammler aufrechnen. Ich weiß es nicht.«

Marcell schlich sich weiter weg.

»Manchmal frage ich mich: ›Was würde mein Vater tun?‹ Ich weiß es nicht. Er müßte vielleicht das gleiche tun wie ich.«

Ein Hase lief über die Wiese.

»Zdenek hatte nie Schwierigkeiten mit dem Töten. Er hat viele umgebracht in dieser Zeit, ohne Bedenken. Ich habe ihn einmal danach gefragt, und er hat gesagt, die Kirche habe das Töten im Krieg ausdrücklich erlaubt: ›Gebt dem Kaiser, was des Kaisers ist…‹, habe ihn der Pfarrer gelehrt. Im Dienste des Vaterlands sei das Töten Pflicht. Darum würden ja auch die Waffen gesegnet. Ist Ihnen, Monsieur, ein Fall bekannt, in dem die Kirche versuchte, einen Krieg zu verhindern?«

Marcell antwortete nicht.

Staszek sah so aus, als wolle er sagen, er sei nicht hergekommen, um über eine Kirche zu reden, mit der er nichts am Hut habe. Dann aber wieder war er doch hergekommen, um zu erfahren, wie die beiden ihr Leben beendeten.

»Mein Vater ließ mich nicht taufen, er wollte mich nicht ungefragt in eine bestimmte Richtung zwingen. Als ich dann vierzehn war, führte er mich in eine Kirche, und Zufall oder nicht, als ich das fortwährende Gerede von Sünde und Verdammnis, Tod und Letztem Gericht hörte, als ich auf dem Fußboden, der kalt und hart war, niederknien mußte und die Gebete, die mir sinnlos und unverständlich schienen, hörte – da wollte ich nichts damit zu tun haben.«

Das Dorf lag weit hinter uns. Marcell suchte auf der Wiese nach Pflanzen oder irgend etwas anderem. »Koczulek sagt, manchmal käme eine schwarze Limousine von der Regierung und hole Zdenek ab.«

Staszek versuchte, Zbigniew vom Thema abzubringen. Was dieser auch gerne annahm, denn ihm behagte das Gespräch auch nicht. Er war da offensichtlich ungewollt hineingeraten.

»Hahaha!« Er lachte laut. »Natürlich. Sie kommt von der Regierung, bringt ihn nach Warschau. Leszek schickt sie, und dann besaufen sich die beiden Himmelhunde bis an den Kragen. Danach fliegt Zdenek von Warschau nach Paris und bringt dem Leszek mit, was er so braucht zum Leben. Luxuskram für Parteifunktionäre. Er ist ja nicht immer in seinem Wahn. Manchmal denke ich, er ist nicht wirklich irre. Es ist nur, weil er gern ein Christ geworden wäre.«

Jetzt fing aber Marcell damit an und sagte, wenn das so wäre und alle Römer wüßten es, dann würden sie es sich nicht gefallen lassen, daß der ganze Vatikan schwul sei und nicht an Gott glaube.

Welche Rolle spielte hier Marcell? Wollte er verteidigen, wollte er provozieren, oder wollte er nur Interesse vortäuschen?

»Wenn die Kirchenbonzen sich ein paar Sünden erlauben – mon Dieu! –, für die Gläubigen sind sie immer noch die Brücke zum Paradies. Drücken sie ein Auge zu, dann wird es wohl auch für sie selbst nicht so streng ausgehen. Eine Hand muß die andere waschen.«

Marcell sagte nichts. Was aber nicht besagte, daß er darüber nachdenken wollte. Eher war zu vermuten, daß ihm das Ganze keinen tieferen Gedanken wert war.

»Bis vor ein paar Jahren fuhr ich manchmal mit nach Warschau«, kam Zbigniew wieder auf Zdeneks Ausflüge in die Hauptstadt zurück. »Ach, was haben wir da gelebt, Leute! Ich habe bei Leszek noch einen

Anzug hängen, damit ich jederzeit nach Paris zurückkann. Die Freiheit! Mein Vater hat mich gelehrt, man darf sich niemals ausliefern. Immer in jeder Sekunde alles tun können, wozu man Lust hat.

Bei Leszek gab es immer die besten Speisen. UND DIE BESTEN FRAUEN. Messieurs. Nicht nur, was die Schönheit des Leibes angeht. Polen hat seine Hetären auch jetzt noch. Natürlich im Untergrund, nicht auf der Straße.

Seit ein paar Jahren fahre ich nicht mehr mit. Zdenek ist jünger, Leszek ist der Jüngste. Ich muß auch nicht nach Paris. Wo ich bin, ist es gut.«

Er trat gegen einen Feldstein, und ich nahm mir vor, Staszek zu sagen, daß wir ihm Hosen kaufen müßten. Am besten, wir führen nach Kielce und besorgten gegen Devisen ein paar Hosen.

Zbigniew redete dann nicht mehr weiter. Wir setzten uns eine Weile auf einen Erdhügel, dann gingen wir weiter über das Feld, und Staszek sagte, daß Frau Zdulko heut eine Hühnersuppe kochen würde und Zbigniew selbstverständlich mitessen müsse. Er sagte zu und ging dann zurück zu seinem Schindeldach. Zuvor ließ sich Marcell noch beschreiben, wo der Maler Sladko wohnte.

»Gehen Sie besser gegen Abend zu ihm«, sagte Zbigniew. »Am Tag malt er, dann ist er wie weggetreten. Man stört ihn nur.«

*

Staszek sah nicht glücklich aus. Er hatte uns leichtfertig eine ›Sternstunde‹ versprochen. Und statt dessen war Zdenek, der Meister in der Kunst zu leben, ein Irrer geworden und fuhr sich auf einem alten Motorrad vielleicht zu Tode. Und das nicht aus Lust, sondern aus Verzweiflung.

Staszek trottete vor sich hin, mit schleppenden Schritten, als wolle er vermeiden, Zdenek zu begegnen. Bog aber wie von einem Magneten angezogen immer mehr in Richtung des Hauses, in dem Zdenek hauste. Es blieb nicht aus, daß wir dann vor dem Zaun standen.

Ein Zaun, hoch und zusammengeflickt, daß man ihn nur schwerlich hätte übersteigen können. Das Tor war mit einer Kette verschlossen, und da waren so viele Bäume und Sträucher, daß man kaum sah, was sich dahinter befand: ein verwilderter Garten, mit ein paar willkürlich gerodeten Stellen, an denen Zwiebeln, Knoblauch vor allem, und etwas Gemüse wuchsen, die ersten jungen Pflanzen. Das Haus war wie die anderen Häuser aus Steinen und Lehm gemauert und nur spärlich gekalkt. Ein spitzes Dach mit Dachpappe und Blech gedeckt, der obere Teil des Hauses aus Brettern, mit einer Tür im Giebel. Der Schornstein war verrußt und mit einem rostigen Rohr verlängert.

Um das Haus herum waren endlos viele kleine Anbauten aus Brettern, Kistenlatten und Blech zusammengenagelt, immer einer an dem anderen. Chaos.

Es roch nach Rauch und Zwiebeln, Knoblauch

und Grünzeug. Das Haus war etwa fünf Meter breit und acht Meter lang. Die Tür aus dicken Brettern, die Fenster klein mit roh zusammengehauenen Fensterläden, Gartenwerkzeuge gegen die Mauern gelehnt oder quer durcheinander, und unter einem etwas vorgezogenen Dach eine Pritsche, zusammengenagelt aus Brettern, mit einer Decke darauf, darunter vielleicht Stroh, vielleicht eine Matratze. Und darauf lag Zdenek.

Er tat, als ob er schlief, war aber sicher wach. Wer sich so eine Festung baut, ist wachsam und schläft nie.

Wir standen vor dem Tor und zögerten, ob wir weitergehen sollten, weil man einen, der sich einigelt, nicht herausholen soll, blieben dann aber doch. Wohl weil Staszek stehenblieb. Mit einem Gesicht, wie wenn er auf dem Bahnhof seine Braut erwartet hätte. Würde Zdenek ihn wiedererkennen?

Hatte er ihm vielleicht so einen Eindruck mit seinem nackten Arsch auf dem Schiff gemacht, daß er ihn nicht vergessen sollte?

Zdenek trug eine Drahtbrille, rund und ramponiert, und wir sahen, daß er uns aus schmalen Augen beobachtete. Staszek winkte mit der Hand. Zdenek rührte sich erst nicht, doch dann stand er auf und kam zum Tor.

Er war eher klein von Gestalt, dünn und drahtig, trug eine Militärjacke mit Resten abgeschnittener Schulterstücke, die anstelle eines Gurtes mit einem Strick zusammengehalten wurde, denn sie war ihm zu groß. Zerschlissene Jeans, die nackten Füße in zu großen Schuhen. Das Gesicht war faltig wie ein alter polnischer Tabaksbeutel aus dem napoleonischen Krieg. Aber glattrasiert. Die weißen Haare wirr und kurz, willkürlich abgeschnitten. Um den Hals hatte er eine Kette aus zersägten Knochenstücken, Hühnerbeine wahrscheinlich, vorn eine blaue Perle. Um die Stirn einen Bindfaden. Er schaute uns mit schmalen Augen wirsch, aber auch aufmerksam an und fragte: »Wo kommt ihr her? Wo kommt ihr denn her?«

»Paris«, antwortete Staszek, und sein Gesicht leuchtete, weil er dachte, Paris würde ihn überraschen und vielleicht auf die Spur bringen.

»Habt ihr Zeitungen?«

Jetzt sprach Zdenek französisch und sah dabei Marcell an, weil einen Franzosen erkennst du sofort.

»Nein.«

Er schien zu überlegen, ob er das Tor aufschließen wollte, schloß es dann auf, nein, SCHLOSS es nicht auf, es hatte kein Schloß, er hatte einen raffinierten Mechanismus aus Draht und zwei verbogenen Nägeln konstruiert, den also betätigte er, nahm die Kette weg und kam heraus.

Er musterte uns eine ganze Weile und ging um uns herum, betrachtete uns also auch von hinten.

»Wollt ihr was essen?«

Staszek sagte ja, denn anders hätten wir wohl wieder gehen müssen.

Zdenek ging voraus. Die Haustür war schwer zu

bewegen, die Scharniere alt und verzogen, man mußte sich bücken. Zdenek nicht, vielleicht war er nicht größer als einen Meter und sechzig.

Das Haus hatte vier dicke Wände, die Tür, zwei Fenster und oben Bretter als Decke. Einen Schornstein mit Feuerstelle an der Wand gegenüber der Eingangstür. Neben dem Schornstein noch eine kleine Tür, die in einen Schuppen oder Stall führte, und über dem ein Giebel, in dem sehr vieles untergebracht werden konnte. Die Wände waren gekalkt, doch unter dem Kalk erkannte man dort, wo der Anstrich abgeblättert war, wieder die hellblaue Farbe von Kuźnice.

Gegenüber der Tür eine Pritsche zum Schlafen mit zerfetzten Decken, ein Ziegenfell. Über dem Bett ein Brett mit Draht an die Decke gehängt, auf dem Brett ein paar Gegenstände. Tassen, Papier zum Schreiben, ein Heft.

Und die Trompete.

Staszek sah nur die Trompete, und sein Gesicht hellte sich wieder auf, er ging auf sie zu, hoffte wohl, über sie die Brücke zu Zdeneks kranker Seele zu finden, doch da hielt Zdenek ihn verärgert an der Jacke fest: »Das nicht, chlowiek, da läßt du die Finger weg!«

Zwei alte Stühle standen herum, eine Art Tisch, rettungslos vollgeladen mit Kram, ein Teller, zwei Töpfe, Messer, Löffel, eine Mütze, Bindfaden, ein Hammer. Eine Bank war da noch links von der Feuerstelle.

Die Feuerstelle.

Zdenek hatte über ihr einen großen Abzug errichtet, der in den Schornstein mündete, und rechts unter dem Abzug hatte er eine Blechtonne eingebaut, die er von außen mit Wasser füllen konnte. Brauchte er warmes Wasser, schob er das Feuer unter die Tonne. Die Tonne hatte einen Wasserhahn in der Stube, und mit einem Stück Schlauch konnte er das Wasser auch nach außen laufen lassen, wie sich später zeigen sollte, und sich dort duschen. Nicht alle Polen duschen sich nie im Leben, wie man sah.

»Genial«, sagte Marcell und untersuchte alles, was er da so fand.

»Setzt euch, chłopce!«

Mit einemmal war er freundlich oder gar erfreut.

In der Feuerstelle war noch Glut, er legte Reisig darüber, ließ es anglühen, blies es hoch, legte Holz darauf und schob das Feuer zwischen zwei Steine.

Staszek hatte sich auf das ›Bett‹ gesetzt, ich auf einen Stuhl, und Marcell blieb stehen und schaute zu, wie Zdenek hier zurechtkam. Der holte Wasser in einem Eimer aus einer Pumpe hinter dem Haus und goß etwa zwei Liter in einen Topf. Stellte ihn auf die Steine über das Feuer und warf drei Bouillonwürfel in das Wasser, die er aus einem Blechkasten vom Regal holte.

»Ohne Bouillonwürfel«, sagte er, »kannst du nicht kochen. Du kannst ohne alles leben, aber nicht ohne Bouillon.«

Marcell grinste.

Indes holte Zdenek einen schwarzen Topf voller gekochter Pellkartoffeln, schälte sie und schnitt sie in eine Pfanne mit Schweineschmalz. Er vergrößerte das Feuer, die Steine rechts und links waren breit genug, um auch noch die Pfanne darauf zu stellen, schob also den Topf mit dem Wasser nach hinten und stellte die Pfanne vorn auf die Steine. Die Kartoffeln fingen bald an zu braten, und er mußte natürlich aufpassen, daß das Feuer nicht in die Pfanne schlug oder zu heiß wurde oder der Ruß in den Topf und die Pfanne fiel, da wäre ein Deckel praktisch gewesen. Zdenek brauchte keinen, er schien da perfekt zurechtzukommen.

»Mich hat der Wahnsinn befallen«, redete er vor sich hin. »Wißt ihr, daß ich irre bin? Im Kopf. Als ob eine Blechkiste voller Nägel darin auf und nieder schlägt. Immer auf und nieder. Ich kann es nicht ertragen.«

Dabei holte er eine Schüssel, zwei Teller und einen Napf vom Regal, schnitt Knoblauch hinein, etwa vier Zehen pro Teller, auch einen Löffel Schweineschmalz pro Kopf, dazu trockenes Brot in Würfeln, und als das Wasser kochte und die Kartoffeln fertig waren, goß er mit einer Kelle aus dem Topf jeweils so viel heißes Wasser über Schmalz, Brot und Knoblauch, wie einer zum Essen braucht. Die Pfanne mit den Bratkartoffeln stellte er auf den Tisch. Zuvor hatte er ihn leergeräumt, und man muß mit Respekt sagen: es schmeckte vorzüglich.

Er aß vor sich hin und schien uns nicht wahrzunehmen. Niemand sprach. Marcell beobachtete alles so, als überlege er sich gute Einstellungen für seine Kamera. Als wir mit dem Essen fertig waren, sagte Zdenek: »Jesus.« Und schaute uns schmal an. Einen wie den anderen, am längsten aber Staszek. Als ob er ihm vertraut sei. Staszeks Gesicht leuchtete wieder, als sei er jetzt sicher, daß Zdenek ihn erkannt habe.

»Jesus! Ich darf annehmen, die Herren wissen, wer Jesus ist. Oder was?«

Jemand nickte unbeholfen.

»Ist vielleicht ein Kattòlik dabei?«

Marcell hob unwillig leicht die Hand.

»Aha! Dann frage ich Sie, Monsieur, wofür entscheiden Sie sich: war Jesus Gott, sind seine Aussagen als wahr hinzunehmen, oder vergessen wir das Ganze, und er war nicht Gott. Was er sagte, ist Humbug gewesen? Was von beidem? Na?«

»Gott«, sagte Marcell, nicht mit großer Überzeugung, eher, als sei es ihm darum zu tun, nicht damit behelligt zu werden.

»So. Dann kennen Sie doch sicher auch die Worte Jesu: ›Es werden Wölfe kommen in Schafskleidern und in meinem Namen brandschatzen, morden und Geschäfte machen. Hütet euch vor denen...‹ Sie kennen den Satz?«

»Ich kenne ihn.«

»Sie glauben, was Jesus gesagt hat, sei die Wahrheit?«

Marcell tat uns beiden leid. Er mußte hier den Hals

hinhalten und versuchte auch, aus dem Blickfeld Zdeneks zu entkommen. In der Hoffnung, der würde ihn in seinem Irresein vielleicht vergessen und zu einem anderen Thema übergehen. Oder einfach nur plötzlich loslachen, als sei alles nur ein Scherz.

»Sie antworten nicht, aber ich nehme an, Sie glauben an die Wahrheit der Worte Jesu, dann sagen Sie mir, Monsieur le Catholique, WER glauben Sie, sind diese Leute, auf welche die Beschreibung paßt?«

Marcell antwortete nicht, und Zdenek wurde rot und seine Augen flatterten.

»Jetzt fängt es wieder an!« schrie er. »Es kreist und kreist und sägt in meinem Kopf, ich zerschlage hier noch die ganze Bude mitsamt diesem Katholiken und ich...«

Er schlug mit der flachen Hand auf den Tisch, seine Brille fiel herunter und bekam einen Sprung.

»An solchen Ärschen, wie du einer bist, wird die Welt zugrunde gehen. Die Lauwarmen sind es, die ausgespuckt werden müssen. Entweder heiß oder kalt... haut ab...«

Er stieß die Hintertür auf und rannte hinaus. Wir hörten, wie er seine Maschine antrat und dann davonraste.

Wir waren betreten. Staszek trug die Teller und Schüsseln hinter das Haus, und wir wuschen unter der Pumpe alles ab. Marcell untersuchte noch verlegen und hilflos den Kamin und schob das Feuer nach hinten, damit nichts anbrennen konnte, merkte dabei aber sicher nicht, was er im einzelnen sah oder tat.

Wir zogen die Haustür zu, legten die Kette um Tor und Pfosten und schleppten uns zurück zum Dorf.

Sternstunde!

Staszek schaute uns betreten an. Keiner redete.

Wir hatten den halben Weg hinter uns, als Zdenek von hinten langsam angefahren kam. Er hielt an, ließ den Motor aber laufen und sagte zu Marcell: »Sie gehen zur Beichte, Monsieur le Catholique?«

»Früher ja.«

»Man hat Ihnen gesagt, Ihnen würden dort die Sünden vergeben, Mister, wie heißen Sie?«

»Marcell.«

»Mister Marcell... Hat man Ihnen gesagt, die Sünden würden Ihnen vergeben? Hat man Sie das gelehrt und gesagt, das sei der Sinn Ihrer Religion?

Und Sie haben sich darauf verlassen?«

»Ja.«

»Dann hören Sie mir jetzt gut zu, denn nun kommt eine Teufelei, wie sie sich so leicht keiner ausdenkt. Haben Sie gewußt, daß Ihnen zwar die Sünden vergeben werden, ABER DIE STRAFE BLEIBT. Ich wiederhole: DIE STRAFE BLEIBT. Sie, Monsieur, benötigen zur Vergebung der Strafe ZUSÄTZLICH einen vollkommenen Ablaß. Haben Sie das gewußt, haben Sie je einen solchen Ablaß erworben? Mon cher Monsieur?«

Marcell drehte sich in seinem Jackett, als hätte er tausend Wanzen auf dem Leib.

»Nein. Nicht gewußt, nicht erworben. Das weiß doch keiner.«

»Dann haben Sie nie im Zustand der Heiligmachenden Gnade gelebt, welche Sie benötigen, um beim Jüngsten Gericht auf die Seite der Auserwählten zu kommen. Und diesen Ablaß hat die Kirche früher VERKAUFT. Heute müßten Sie merkwürdige Zeremonien vollziehen, um ihn zu bekommen. Was aber auch keiner tut, weil er's nicht weiß. Das ganze Kasperletheater also für die Katz.

Monsieur!

Sie vergeben Ihnen angeblich die Sünden, aber lassen ihnen die Strafe. Welcher Zynismus, welche --- Teufelei... Bestien --- schwule Scharlatane... treiben seit zweitausend Jahren mit arglosen Menschen ihren Schabernack...«

Das letzte hörte man kaum noch, denn er gab Gas, Erde flog hoch, und er raste davon.

Drehte dann viel zu sehr auf, daß die Maschine mit dem Vorderrad hoch ging und er sich überschlug. Kam aber wieder hoch und fuhr fluchend weiter.

*

Zu Hause bei Zdulkos rollte die Frau Nudeln aus.

»Drei Eier hab ich genommen, Pan Staszek. Das wird eine gute Suppe. Wir machen das nur an Ostern und Feiertagen.«

Marcell war unterdessen zum Maler Sladko gegangen. Er sah blaß aus, als er wiederkam.

Sladko sei ein buckliger kleiner Kerl, sein Alter sei schwer zu schätzen. Er lebe allein, erzählte er, und er, Marcell, würde ihm gern alle seine Bilder abkaufen, nur male er leider meistens Heilige. Die seien nicht so gefragt. Aber er werde, wenn er wieder in Paris sei, etwas für ihn tun. Vielleicht einen Verlag suchen, der ein Buch über ihn verlegen könne, nur stehe diese Art Malerei nicht mehr so hoch im Kurs wie noch vor zehn Jahren.

Jetzt kamen auch die Leute, die uns schon den ganzen Tag beobachtet hatten, um einen günstigen Moment abzupassen, wo sie mit uns ›tauschen‹ könnten. Staszek packte seine Kartons hinten in seiner Stube aus, damit sie nicht sahen, WAS er alles hatte, und brachte wohldosiert kleine Geschenke und Tauschobjekte nach vorn. Auf dem Feuer stand schon der Topf mit dem zerteilten Huhn.

»Ist bissel zäh, braucht länger zu kochen«, sagte Frau Zdulko und nahm sich sehr wichtig, weil sie und ihre Stube Mittelpunkt des Geschehens waren. Zdulko war noch im Wald.

Koczulek kam herüber und grinste etwas dümmlich mit seinen gelben Zähnen. Er hatte Stroh und Dreck im Haar, ein Hosenträger hing ihm herunter, und er zog ihn hoch, aber er fiel sofort wieder herunter. Schlich und drückte sich herum und versuchte, als er meinte, Frau Zdulko, die ihm diese wichtigen Leute hier weggeschnappt hatte, als er vorübergehend besoffen war, höre weg, versuchte in diesem Augenblick also möglichst unauffällig anzubringen: »Möchten die Herren bissel zu mir rüberkommen, meine Frau hätte eine Frage von Wichtigkeit, ich spendiere schön Wodka auf meine Rechnung.«

Nach Wodka stand uns allen jetzt der Sinn. Nur nicht nach selbstgebranntem. Koczulek ging vor, und wir folgten ihm. Natürlich hatte Frau Zdulko Koczuleks Versuch bemerkt, ihr die wichtigen Leute abzujagen, und sie verbarg ihren Ärger nicht.

»Podhalski Gorrol«, sagte sie. Schimpfwort.

Wir gingen also hinüber, wir hatten ja noch Zeit bis zum Essen. Er holte die kleine Sonderflasche aus der Kammer, wo er den Wodka brannte ›fier die Freunde‹, aber Staszek fragte, ob er keinen anderen Wodka habe. Wenigstens den offiziell verkäuflichen. Am liebsten aber russischen.

»Ah, was wollen Sie den Dreck trinken, schmeckt doch bloß nach Wasser.«

Als Staszek darauf bestand, rückte er eine Flasche heraus, sagte, er werde sie später verrechnen, der sei bissel teurer, Rußland wolle auch was verdienen. Dann rief er seine Frau: »Sie sind da, Olka. Komm!«

Die Frau kam herein, wischte sich die Hände in einer dreckigen Schürze ab, drückte jedem schlaff und naß die Hand und verzog dabei den Mund wie zum Lachen. Sie zog Staszek zur Seite, obwohl außer uns keiner dabei war, der hätte mithören können, und sagte geheimnisvoll:

»Vielleicht haben Sie eine Strumpfhose noch etwas schöner. Und eine kleine Nummer größer. Lila oder rot möcht meinem Mann gefallen. Sie wissen, wie die Damen in Paris.«

Die andere von gestern hatte sie an, breite Laufmaschen, natürlich, sie war drei Nummern zu klein.

Zdulko hatte keine mehr.

»Dann Parfüm.«

Er hatte zwei Flaschen, französischer Herkunft und für andere Gelegenheiten vorgesehen, aber nach langem Überlegen gab er ihr eine ab.

»Is verrechnet mit Wodka«, sagte Koczulek und gab sich sehr großzügig. Ganz polnischer Kavalier aus bestem Adelshaus, und seine Frau strahlte ihn glücklich an und goß sich gleich eine halbe Flasche unter die Achseln. Es war zum Glück nur Eau de Cologne, aber es ergab dennoch keinen schönen Geruch. Koczulek hob die Nase und sagte: »Ich riech schon was. Sehr hiebsch.«

Er selbst trank den starken Wodka, Extraflasche, und zog uns nach hinten in den Hof: »Hier sehen Sie, geheim. Darf keine Regierung wissen. Schweine. Gut gefüttert, drei Stück. Keiner hat hier drei Stück. Und hier!« Er machte die Tür zu einem Karnickelstall auf. »Karnickel. Fassen Sie an! Schönes Fleisch. Schlachte ich selber. Erst bissel Wodka in die Fresse gießen, daß sie nicht so leiden müssen, macht aber auch das Fleisch weich. Dann die Hinterbeine packen mit der linken Hand und mit der Rechten, zack!, fünf Schläge hinter die Ohren, und der Junge ist in Himmel. Uachachaa.« Er lachte erbärmlich, wobei es uns grauste.

»Sagen Sie, was Sie noch zu tauschen haben, panowie, ich schlacht Ihnen den größten Karnickel für eine Aktentasche aus Leder. Beispielsweise. Für ein Anzug drei Karnickel.«

Staszek überhörte die Frage und erklärte, wir müßten jetzt weg. Den Wodka nahm er mit, und wir gingen ein wenig ins Feld hinaus. Nur weg von hier.

Wir setzten uns auf einen Grasflecken, da kam Zdenek schon wieder mit seiner Maschine an. Er war diesmal etwas ruhiger und hatte seine Brille mit dem Sprung auf. Er blieb sitzen, als er sagte: »Wissen Sie, Monsieur le Catholique, daß es in der Bibel das Gebot der Keuschheit nicht einmal gibt, mit welchem das arglose Volk für dumm verkauft wird?

Das Gebot heißt: DU SOLLST NICHT EHEBRECHEN.

Und DAS, Monsieur, ist etwas GANZ anderes. Was sagen Sie jetzt?«

Staszek bot ihm einen Wodka an, aber Zdenek sagte, er trinke keinen Alkohol. Das bringe die Kreissäge in seinem Kopf zum Rasen, daran würde er krepieren. Er sagte, er wünsche keinem, in seinem Kopf zu stecken, und er sei gekommen, um zu sagen, daß er gegen den Franzosen persönlich nichts habe, es sei nur die Kreissäge... die Kreissäge... diese verfluchte Kreis... Und raste wieder davon.

Keiner von uns wollte mehr von dem Wodka trinken. Marcell sagte: »Ein Verrückter, mehr nicht.«

Staszek schaute ihn bedenklich an und meinte, wenn er nicht betroffen sei, gut. Wenn aber ja, dann solle er doch prüfen, was Zdenek gesagt habe.

WAS er denn prüfen solle, wollte Marcell wissen.

Ob Zdenek mit der ganzen Vatikangeschichte nicht doch recht habe? Ob letztlich nicht er verrückt sei, sondern die ganze Kirche und ihre Dogmen?

»Bullshit, das Ganze!« wischte Marcell das Thema weg. Was uns allen recht war.

Wir hatten keine Vorstellung, wie es mit uns hier weitergehen sollte, aber es sah so aus, als würden wir hier nicht mehr lange bleiben.

*

Für sieben Uhr war die Hühnersuppe in etwa geplant, also nahm Marcell einige von Staszeks Westwaren mit, um ein paar Bilder bei Sladko zu erwerben. Zbigniew hatte gesagt, wenn man Sladko zu viel gäbe, nähmen es seine Verwandten ihm ab. Marcell suchte also Dinge aus, die nur ihm, Sladko, nützen konnten und erstand fünf Bilder.

Mit Wasserfarbe auf dickes Papier gemalt. Eine Landschaft der Gegend, einen Bauern auf einem Pferd, sonst Heilige. Zbigniew hatte früher ein paar Bilder Sladkos nach Warschau mitgenommen und verkauft, aber letztlich war Sladko nichts davon geblieben, denn was sie ihm nicht wegnahmen, verschenkte er freiwillig. Er sagte, er brauche nichts, er habe alles.

Im letzten Winter hatten sie ihm einen Mantel beschafft, zwei Tage später war er wieder ohne ihn. Sein Bruder hatte ihn ihm abgenommen.

»Menschen«, hatte Zbigniew gesagt, »Menschen sind so.«

Sladko maß sein Glück nicht am Mantel. Wenn es kalt war, blieb er eben zu Hause.

Koczulek hatte seine Tür wieder abgeschlossen.

Wahrscheinlich hatte das Parfüm seine Wirkung bei ihm getan, der Schnaps das Seinige hinzugefügt, und zu verkaufen gab es ohnehin nichts in dem Laden, und ehe einer sich's versah, wurde es sieben Uhr.

Zbigniew war pünktlich und brachte seinen Löffel mit. Zdulkos hatten nur vier. Die Suppe reichte nicht, obwohl der alte Zdulko keine wollte. Wollte vielleicht schon, sagte aber, er wolle keine. Sonst hätte sie noch weniger gereicht. Pani Zdulko schnitt also ein paar Scheiben Brot ab und legte sie auf den Tisch.

Von dem Huhn bekam jeder ein kleines Stück, denn ein Huhn für fünf, was war das schon? Wir drängten wenigstens ihr, der Frau, etwas von dem Essen auf, schon allein, um uns wohler zu fühlen. Sie sagte, das letzte Huhn habe es vor Weihnachten gegeben. »Legte nicht mehr, war sowieso krank, und die Tochter war auf Besuch.«

Zdulko nickte dazu und aß wieder Kartoffeln aus der Schüssel. »Hätten Sie einen Unterrock dabei für die Tochter, Pan Staszek?«

Hatte er nicht. Strümpfe habe er noch.

»Das ist auch gut«, sagte Frau Zdulko.

Dann kam eine ältere Frau, klopfte und fragte, ob der Pfarrer hier sei.

»Die Mutter ist krank, bekommt keine Luft.«

Zbigniew fragte, ob es eilig sei, und als sie bejahte, ließ er seine Suppe stehen und ging hinter ihr her.

Als er zurückkam, erzählte er, daß er Medizin studiert habe. In Paris, wenn auch nicht zu Ende, und einiges wisse er auch von seinem Vater. Aber in vielen

Fällen reiche es schon, jemandem die Hand auf die Brust zu legen und zu sagen: »Jetzt geht's schon wieder. Das Schlimmste ist vorbei.« Dann ginge es auch wieder.

Und wenn nicht, dann habe er einen kleinen Vorrat an Medikamenten, bei der alten Frau habe das Auflegen der Hand schon geholfen.

»Die meisten Wunder sind gar keine Wunder.«

»Gibt es denn Wunder?«

»Das ist nur eine Frage, wie man das Wort verstehen will. Alles was geschieht, ist ein Wunder, wenn man sich darüber wundern will, und dann ist wieder nichts ein Wunder.«

Zbigniew hatte nichts gegen Marcell. Auch nicht, als dieser sich doch sehr anmerken ließ, daß ihn das alles nicht interessierte. Nach dem Essen ging Frau Zdulko zu ihrer Schwester, der alte Zdulko zog noch an seiner Pfeife und verschwand dann müde in seiner Kammer. Wir saßen da, Marcell stocherte im Feuer, keiner redete. Zbigniew wußte, daß wir bei Zdenek gewesen waren. Schließlich fragte Staszek unvermittelt: »Warum ist dein Leben so anders verlaufen als das Zdeneks?«

»Die Kindheit, Junge. Da werden die Weichen gestellt, das hab ich dir doch schon gesagt. Wenn deine Kindheit nicht in Ordnung ist, ist das Leben wie ein Haus, das auf schlechten Grundmauern steht. Nicht mehr zu reparieren, verstehst du?«

Ob ihn einer verstand, war nicht zu erkennen. Das versteht nur der, der es an sich erlebt hat.

Es gelang uns, das Thema nicht mehr zu berühren, und Zbigniew ging gegen zehn Uhr weg.

Marcell wurde immer einsilbiger und ging hinaus, um durch die Gegend zu laufen. Staszek stopfte sich seine Pfeife und redete vor sich hin: »Kann es denn sein, daß Gott die leiden läßt, die er auserwählt?«

Er zog an seiner Pfeife.

Pause.

»Die Koreaner quälen Hunde, weil Hunde, die gequält werden, ihnen besser schmecken.

Vielleicht also sagen dem oder den göttlichen Wesen, denn es können genausogut viele sein, die Seelen besser zu, je mehr sie gequält werden?

Sagen doch Dichter und Propheten, welche der Wahrheit bekanntlich näher sind als der normale Sterbliche: ›Wen Gott liebt, den läßt er leiden.‹

Was soll denn Liebe genau sein? Die Koreaner lieben ihre gequälten Hunde so sehr, daß sie sie fressen. Kann da nicht einer sein, der den Menschen quält, damit er ihn besser lieben kann?«

Er stand auf, lief in der Stube herum, man sah ihm an, daß er nicht darauf bestand, recht zu haben. Es konnte so sein, es konnte auch nicht so sein.

»Da hat man uns festgehakt, ›gut‹ ist dieses und ›böse‹ ist jenes, dabei ist von oben, kosmisch gesehen, alles ganz anders. Der Mensch frißt das Tier, das soll so in Ordnung sein, gut also. Für das Tier ist es schlecht. Für die gesamte Schöpfung ist der Mensch wie eine Pest, der Krebs dieser Welt, er lebt von und für die Zerstörung ...«

Marcell kam zurück und hatte diese wunderbare Lehre verpaßt. Sofort hängte Staszek noch an: »Was ist das Prinzip dieser wundersamen Schöpfung Erde? Jedes Wesen lebt nur dadurch, daß es Tausende anderer Wesen frißt. Die meisten seiner Erdenmitbewohner frißt der Mensch. Und keiner nennt das böse, bis auf ein paar sogenannte Alternative.

Und ich sage euch, Brüder, das Prinzip geht durch den ganzen Kosmos, denn sogar die Sterne werden von schwarzen Löchern gefressen. Und wahrscheinlich an einer anderen Stelle wieder ausgeschissen, und so frißt sich der Kosmos selbst auf und scheißt sich von neuem aus. DAS ist das Prinzip des Kosmos, ICH habe es entdeckt, Staszek Wandrosch gebürtig aus Lwow.«

Und die Götter fräßen die Seelen der Menschen auf, nachdem sie sie richtig gequält hätten, so wie die Koreaner gequälte Hunde äßen.

»›Gott nimmt eine Seele zu sich‹, sagt man nicht so, Jungs? So wie einer sein Frühstück zu sich nimmt...«

Marcell sagte, Staszek sei ein blödes Schwein.

Staszek aber nannte seine Gedanken ›kühn‹ und bestand nun für sich darauf, recht zu haben.

»Die kleinen Geister erkennt man daran, daß sie große Gedanken nicht begreifen können.«

Staszek sei besoffen, sagte Marcell und ging ins Bett.

Staszek rief ihm noch nach, Leiden sei der ganze Inhalt des katholischen Glaubens, man solle sich doch einmal die Leidensdemonstrationen der südlichen Länder anschauen, wo kilometerlange Prozessionen durch die Städte zögen, wo die Leute singen müßten, sie seien erbärmliche Sünder, und sich heute noch den Rücken peitschen und es ›Leiden für Gott‹ nennen würden.

Dann wankte auch er ins Bett.

Ich war von diesem Tag wie durch eine Wäschemangel gedreht. Kaum war ich eingeschlafen, ging Marcell wieder durch meine Stube, und ich wachte auf. Er lief dann wohl draußen in der Gegend herum, weil die Hunde lange bellten, dann schlief ich wieder ein. Als er zurückkam, weckte er mich neuerlich, und dann schlief ich nicht mehr ein. Staszek wälzte sich auch herum, und am nächsten Tag war die Stimmung tiefer als das Tote Meer unter dem Meeresspiegel. Staszek stand schon beim Morgengrauen auf und ging hinaus. Weil ich sowieso nicht schlafen konnte, folgte ich ihm, stand aber auf der anderen Seite des Hauses auf dem Feld herum, um nicht mit ihm reden zu müssen. Ich war mir nicht sicher, ob ich etwa ungerechterweise sauer auf ihn war, weil er uns in dieses Fegefeuer gelotst hatte.

Da raste aber auch schon Zdenek nicht allzuweit weg über das Feld.

*

Die Sonne ging auf. Frau Zdulko kam mit einem Korb von ihrer Schwester. Heute gebe es DREI Eier pro Person, wenn wir wollten, sagte sie.

»Sie sind jung, der junge Mensch braucht mehr Eier, panowie, und Sie haben auch was zu tauschen. Hühner legen genug. Wer weiß, ob Sie noch einmal so eine schöne Zeit verleben werden wie hier in der gesunden Natur. Im Westen soll alles nicht mehr so gut sein, sagt man in Fernseh. Sogar die Eier nicht.«

Heute sei Brotbacktag, sagte sie, und trug Holz vor den Ofen. Staszek machte uns einen teuflisch starken Kaffee, wir würgten das harte Brot hinunter und legten Marcell einen Zettel hin. Wir wollten ihn nicht so schnell wiedersehen, er hatte uns zu oft geweckt. Das nahmen wir ihm übel und übertrugen seine Schuld auf alle Katholiken. Gerechtigkeit war an diesem Tag nicht angesagt. Sippenhaft.

Wir fuhren nach Kielce, um für Zbigniew eine Hose zu kaufen. Es war nicht besonders schwer, eine aufzutreiben, denn wir zahlten mit Westgeld. Kauften noch zwei Hemden und drei Paar Socken. Und Schuhe. Schätzten seine Schuhgröße auf fünfundvierzig und vereinbarten mit dem Verkäufer, sie eventuell umtauschen zu können. Als wir zurückkamen, saß Zbigniew hinter seiner Kirche auf der Bank neben der Wasserpumpe und wollte die Sachen nicht annehmen. Wir legten sie ab und gingen weg, er hatte dann keine Wahl. Marcell war schon auf, hatte auch gefrühstückt, verzog sich aber mit dem Vorwand, er müsse fotografieren.

Seine Stimmung uns gegenüber war sicher nicht anders. Was legte er uns zur Last? Gut, Staszek hatte ihn hierhergebracht. War so in Ordnung. Frau

Zdulko knetete ihren Brotteig, wir liefen eine Runde über die Felder, und Staszek erzählte, er habe vor kurzem im Fernsehen ein Interview mit einem kirchlichen Teufelsaustreiber gesehen, in welchem derselbe den Teufel in allen Einzelheiten beschrieben und sich zum Schluß in einem Anflug von Leutseligkeit mit den Worten verabschiedet hätte, der Teufel könne nicht einmal mit dem Schwanz wackeln, wenn Gott es nicht so wolle. Er könne das vor Dummheit triefende Gesicht dieses Geistlichen nie vergessen.

Wenn alles mit Gottes Wille geschehe, was ist das dann für ein... Er winkte sich selber ärgerlich ab.

Obwohl er mit dieser Religion nichts am Hut habe, habe ihn das zutiefst betroffen. Denn schließlich gehöre auch er zu der Gattung Mensch, die so unerträglich dumm sei.

»Einstein hat gesagt, zwei Dinge sind unendlich: der Kosmos und die Dummheit des Menschen.«

Staszek verzog verärgert das Gesicht, wohl weil er von dem Thema, das er nicht mehr ertragen konnte, nicht wegkam. Als wir zurückgingen, um Zbigniew zu treffen, saß er noch auf der Bank und hatte die Sachen weggeschoben. Ein Paar Socken habe er angezogen, sagte er, aber der Rest sei ihm zu warm. Die Schuhe fehlten. Er habe sie einem Alten hier bringen müssen, der habe keine gehabt, und er, Zbigniew werde in diesem Leben nicht einmal mehr die Zeit haben, diese Stiefel aufzutragen, sie hielten noch gut zwanzig Jahre. Er sei jetzt achtundsiebzig. Wir setzten uns zu ihm, und Staszek sagte, er solle doch erzählen, wie sein Leben so verlaufen sei. Wenn er wolle.

Zbigniew erzählte langsam. Mit Pausen. Schaute dann und wann über das Feld.

Marcell kam vorbei und setzte sich dazu.

»Mein Vater war also Arzt in Kielce und im Krieg Hauptmann bei der polnischen Armee und ein großer, freier Geist.

Ihm gelang die Flucht nach England. Von dort aus fand er immer wieder Wege, für meine Mutter und mich zu sorgen, und nach dem Krieg kam er sofort herüber und holte uns heraus. Meine Mutter ging mit ihm nach England, und mir riet er, nach Paris zu gehen und Medizin zu studieren. Ich nahm Zdenek mit, wir waren zusammen dreißigmal dem Tod entwischt, das zählt.

Mein Vater versorgte mich so gut es ging mit Geld, und ich fing bald an zu studieren. Wir hausten zusammen in einer Bude in der Rue Fontaine au Roi, nur hatte Zdenek eine Atemnot, an welcher er fast krepierte. Seine Mutter hatte ihn als Kleinkind halb totgeprügelt, damit er aufhörte zu schreien, und als er nicht mehr schreien konnte, war es deswegen, weil er keine Luft bekam, und das blieb ihm. Das hatte er schon, als wir noch in den Wäldern waren. Und dann in Paris wurde es für uns beide unerträglich, weil er nachts ja nicht schlafen konnte und dauernd nur herumlief.

Ich beschaffte ihm eine Trompete, weil ich annahm, daß dies seine Lunge stärken würde, und er schon immer Trompete hatte lernen wollen. Wir fuhren mit der Metro an die Endstation, und er übte in Scheunen und auf freiem Feld. Aber es nutzte nichts. Was das Asthma anging.

Allerdings wurde dann dieser grandiose Trompeter aus ihm. Steve Pollack. Den du kennst. Hätte seine Mutter ihn nicht halb totgeschlagen, wäre er vielleicht nicht Steve Pollack geworden. Ein Unglück sollte man eben erst nach sieben Jahren beurteilen. Oder nach dreißig Jahren.«

Alle waren froh, daß heute ein anderes Thema dran war.

»Erst viel später, er war Mitte dreißig, wurde er in Tanger bei einer Schlägerei in einer Kneipe so lange geprügelt, bis er keine Luft mehr bekam. Und ab da bekam er wieder Luft. Man weiß inzwischen, daß man einen Schock dadurch heilt, daß man den Auslöser des Schockes noch einmal wiederholt.«

Staszek nickte, als wüßte er das.

»Hätte man ihn in Tanger nicht so zusammengeschlagen, bekäme er bis heut keine Luft. Oft bringt ein Unglück Segen.«

Zbigniew lachte.

»Ich lernte damals so schlecht und recht Klarinette spielen, nur damit ich mit den Jungs mitspielen konnte. Ich wurde leider nie ein Meister und war ein absoluter Anbeter Sidney Bechets. Was dann so um uns herum war, hast du ja miterlebt. Von außen. Von außen sieht alles anders aus, aber das war doch eine kollossale Zeit damals, verdammt ja.

Wir hausten in diesem Haus in Paris und führten ein himmelhoch sauschönes Leben. Das Haus gehörte einer uralten Frau, sie hatte keine Verwandten und einen Narren an uns gefressen, hat es uns vererbt. Wir haben jetzt ein Haus in Paris und eine Menge Kohle in Genf. Hahaha.

Irrsinnig komisch, was? Zdenek Koziol und Zbigniew Kowalski aus Kużnice besitzen einen uralten Palast aus dem 17. Jahrhundert in Paris, vollgesaugt mit Geschichte und Geschichten... Was für ein Wahnsinn!«

Er zog seine Stiefel und die Socken aus und hielt die Beine unter die Pumpe. Ließ kaltes Wasser drüberlaufen und setzte sich dann wieder wie gestern in seinen Lotossitz.

»Jedes Jahr im Herbst gingen wir nach Saint-Tropez, das war damals in der guten Zeit, und in einem Jahr spielten wir auf diesem Kahn, den du ja kennst, Eigentümer war ein deutscher Ofenfabrikant, und gingen gar nicht mehr nach Paris zurück. Ließen dort alles liegen, machten dann in Cannes so viel Knete, daß wir alles neu kaufen konnten, was wir brauchten, und spielten dort so etwa vier Jahre...

Als Leszek uns später hierherholte, wollten wir nur ein paar Tage bleiben. Die alte Java ausgraben und vielleicht mitnehmen, ich war immer schon ein Motorradfreak, und sie war noch gut in Schuß. Aber die Leute hier ließen mich nicht weg, also blieben wir, Leszek regelte alles, was wir brauchten, und war froh, zwei alte Kameraden in der Nähe zu wissen.

Diese Gegend war einmal unser Schicksal gewesen, Junge…«

»Ihr könntet heute in Jamaica oder Hawaii leben…«

»Pfff. Hawaii oder Kuźnice! Wenn du den Himmel nicht in dir trägst, suchst du ihn vergeblich in Hawaii oder sonstwo.

Aber zurück nach Cannes!

Steve heiratete also Luzie, und wir trennten uns. Er lebte ein paar glückliche Jahre mit ihr zusammen, in Rom und Mailand, dann gingen sie auseinander. Ausgelebt. Kein Glück dauert ewig, wenn du die Kunst des Lebens nicht perfekt beherrschst. Und wer beherrscht sie schon, wenn er unter fünfzig ist? Ich war froh, daß er sie nicht beherrschte, denn das brachte ihn wieder nach Paris.

Ich hatte etwas Geld, mein Vater hatte mir einiges hinterlassen, also trieb ich mich auf der Universität herum, ich wollte alles wissen, was es auf dieser Welt zu wissen gibt. Ich suchte nach einem ›geistigen Ort‹, wie jeder in diesem Alter. Vom Ende her gesehen Unfug. Ich suchte den Zustand andauernder Glückseligkeit, es mußte ihn doch geben, dachte ich damals. Heute weiß ich, das Glück ist nur ein Gefühl oder eine Empfindung. Hat mit äußeren Umständen nur wenig zu tun. Du findest mehr Leute, die glücklich sind unter erbärmlichen Umständen, als dort, wo sie allen Grund dazu hätten. Damals hätte ich das, was ich suchte, nicht benennen können. Ich las den gesamten Sartre durch, und glaubte ihm lange, heute kann ich das Gegenteil beweisen: schau dir Zdenek an, der keineswegs die Freiheit hat, zu tun, was er will. Gesteuert und programmiert bis in die Zehenspitzen.

Hätte Zdenek auch nur ein bißchen freie Entscheidung, dann würde er hier aus Lust herumrasen und nicht aus Haß. Meinst du, er ist so dumm, sich für das Schlechtere zu entscheiden?«

Pause.

»Ich vertiefte mich in Religionen und Philosophien, ich meinte, die Realität sei eben doch nur der Schatten der Wahrheit, den wir angekettet in einer Höhle auf der Wand vorbeiziehen sehen, du kennst die Geschichte?«

»Ja.«

»Kurzum, ich wollte die Rückseite der Realität finden. Und ich litt darunter, daß sie sich nirgends zeigen wollte. Ich soff. Ich hurte herum. Ich schlief nächtelang nicht und trieb mich in Jazzkellern und Kneipen herum. Letztlich ging ich nach Japan in ein Zen-Kloster. Fuhr zum Teil mit dem Schiff, mit der Eisenbahn und landete in Kioto. Bevor ich es wagte, an die Pforte eines Klosters zu klopfen, lernte ich ein wenig Japanisch. Ich erstand ein altes Motorrad, fuhr in der Gegend herum, lebte in einer armseligen Pension und fühlte mich sehr allein. Es gab noch ein paar Amerikaner, manche mit dem gleichen Anliegen wie ich, mit einem freundete ich mich an. Er hieß Sten und hatte drei Jahre in so einem Kloster verbracht und mir das Leben dort in den düstersten Farben geschildert, er hatte es aufgegeben, ohne einen Schritt weitergekommen zu sein. Aber jetzt wisse er ein wenig mehr. Er erzählte mir von einem Mönch, der dreißig Jahre in einem Kloster verbracht habe, ohne die Erleuchtung gefunden zu haben. Schließlich sei er weggegangen, überzeugt, daß es keine Erleuchtung gebe. Habe sich besoffen und sei in ein Freudenhaus eingekehrt. Und just, als er einen Schuh gegen die Wand geworfen habe, voller Wut über dreißig Jahre, die er meinte vergeudet zu haben, da habe er's begriffen. Es habe ihn wie ein Blitz getroffen, und eine grenzenlose Seligkeit habe ihn befallen.

Man könne die Erleuchtung nicht beschreiben, habe man ihm, dem Amerikaner gesagt. Wenn man das könnte, wären alle Menschen erleuchtet. Ich ließ mich von alldem nicht abschrecken, ging zur Pforte des Klosters, in dem Sten es aufgegeben hatte, und man nahm mich auf.«

Marcell fragte, worum es bei diesem ZEN eigentlich ginge. Worin die Erleuchtung bestehe.

»Das kann man nicht erklären«, sagte Zbigniew. »Der Mensch trägt sein Leben lang ein diffuses Unbehagen mit sich herum. Er sucht etwas, aber er weiß nicht, was es ist. Zeitweilig wird es von mehr oder weniger guten Glücksmomenten unterbrochen, aber das Unbehagen ist immer da.

Doch es gibt welche, die haben das Unbehagen nicht. Meist liegt ein harter Weg hinter ihnen, und nur wenige erreichen diesen seligen Zustand der Freiheit. So würde ich ihn nennen. Die Insel der Seligen ist umgeben von einem Gürtel von Unheil. Da muß einer durch.

Dann trifft es dich wie ein Blitz. Mit einemmal weißt du, daß der Berg ein Berg ist, du suchst nicht mehr. Du willst nicht mehr wissen, ob der Berg ein Berg ist.

DAS ist es: DU SUCHST NICHT MEHR. Du hast keine Fragen mehr…«

»Wie meinen sie das?«

Marcell fragte das.

»Hm.«

Zbigniew schaute ihn an.

»Wenn man das beschreiben könnte, gäbe es keine unglücklichen Menschen. Aber ich will versuchen, es vielleicht mit einer Geschichte zu erklären: Ein Mädchen glaubte eines Tages, sie habe keinen Kopf mehr und litt und litt, mit ihr litt die Familie. Man bestellte Ärzte, Experten und Weise, die ihr erklären sollten, daß sie ihren Kopf noch habe. Ohne Erfolg. Dann kam einer und schlug sie auf den Kopf, und da begriff sie, daß sie ihren Kopf noch hatte. Daß sie von keinem Unheil befallen war. Und genau das ist es: du mußt begreifen, daß du das, was du suchst, nie verloren hattest. Das ist so einfach, daß du mich nicht verstehst. Habe ich recht?«

Marcell wollte nicht nicken.

»Nun denn, ich blieb zehn harte Jahre dort, und kein Blitz der Erleuchtung, ich war so diffus unglücklich wie nie zuvor und verließ das Kloster. War ich enttäuscht? Nein. Ent-täuschung wäre ja etwas

Gutes gewesen. Du warst vorher ge-täuscht, danach bist du es nicht mehr. Ich ließ mir die Reste meines Geldes, das mein Vater mir hinterlassen hatte, nach Kioto schicken, blieb noch eine Weile da und machte mich dann auf den Heimweg. Ich hatte nie das Gefühl, daß die Zeit im Kloster vergeudet war.«

Er ließ wieder kaltes Wasser über seine Hände laufen.

»Erst sehr viel später wartete ich in Dakar auf einen Bus. Es war verdammt heiß, der Bus kam nicht. Ich hatte mich abseits unter einen Baum gesetzt und spielte mir auf der Mundharmonika einen einsamen Blues. Es ging so gar nichts weiter, ich war sehr tief unten und hatte Kioto längst vergessen. Da merkte ich, daß das Hohe F nicht richtig war. Wasser oder Rost hatte es verändert, es lag mehr zum Fis hin. Ich kehrte immer wieder zu diesem Ton zurück, und als ich ihn einmal lang und laut durchzog – da traf es mich.

Mit einemmal riß der Vorhang auf, und ich begriff, was es war. Warum ich um die halbe Welt lief. Und eine grenzenlos freie Glückseligkeit kam über mich – es ist sinnlos, das beschreiben zu wollen.«

»Nennen Sie DAS die Erleuchtung?« fragte Marcell etwas dümmlich mit einem Unterton, den Zbigniew überhörte.

»Wenn du dir vorstellst, der Mensch habe in seinem Kopf oder wo ein riesiges Archiv, wo der ganze Kosmos abrufbar wäre und alles, was es gibt und gab seit Beginn der Zeiten. Wo er mit einemmal ALLES begreifen könnte. Wo er aber bisher nur mit seinem kleinen Licht herumgesucht hatte. Sich sein kleines Feld erarbeitet hatte, in dem er sich bewegt. Und mit einemmal gibt es einen Blitz, und du übersiehst alles, was du da mit dir herumträgst, ohne es zu wissen. Alle Fragen beantworten sich – Monsieur...«

Es gab eine längere Pause, und es sah aus, als habe keiner etwas verstanden. Dann fragte Marcell wieder mit diesem Unterton: »An was erkennt man den Erleuchteten?«

»An nichts. Bestenfalls an einer merkwürdigen Heiterkeit. Er selber merkt es daran, daß er keine Fragen mehr hat und daß er sich weder für erleuchtet hält noch für nicht-erleuchtet. Daß er nicht mehr leidet, nicht einmal an Schmerzen. Er HAT sie noch, wenn es sich ergibt, aber er LEIDET nicht. Wenn er schläft, dann schläft er. Wenn er arbeitet, dann arbeitet er. Und wenn er ißt, dann ißt er. Sonst nichts. Und wenn er mehr auf sich nimmt, dann geht er zu denen, die krank sind und hilft ihnen, und zu denen, die sterben, und redet ihnen die Furcht aus.«

Zbigniew zog seine Schuhe an.

»Turgenjew sagt: ›Die Menschen sind wie von einer Mauer umgeben und würden gern wissen, was hinter der Mauer ist. Unter ihnen sind welche, die wissen, wie es außerhalb der Mauer ist, sie können sowohl dort als auch innerhalb der Mauer leben.‹

Aber der Gedanke ist nicht zu Ende gedacht, denn diese Mauer gibt es in Wirklichkeit gar nicht. Sie existiert nur in der Vorstellung des Menschen.

Das ist es, was du nachher weißt.«

Der Wind brachte den Geruch von frischgebackenem Brot herüber. »Einer kann so lange glauben, er könne seine Hand nicht bewegen, bis er sie wirklich nicht mehr bewegen kann. Oder er trage die Blutzeichen der Kreuzigung, bis er sie wirklich hat. Du kannst in der Tat mit dem Glauben einen Berg bewegen. Du kannst glauben, an was du willst, und wenn dein Glaube stark genug ist, trifft es ein. Du kannst auch an den Teufel glauben, bis du ihn in dir trägst.«

*

Wir gingen zum Teich, ohne ein Wort zu reden. Wir setzten uns ans Ufer, und Marcell warf Steine ins Wasser. Dann hörten wir Zdeneks Maschine. Er fuhr langsam heran, stellte die Maschine ab und setzte sich ohne erkennbaren Zorn und ohne einen Gruß zu uns, als sei er eben erst dagewesen, und warf kleine Steine ins Wasser.

»Mal die Geschichte vom langen kurzen Leben des Ministranten Zdenek hören, Messieurs?«

Einer nickte leicht und ohne Begeisterung.

»Also unser Zdenek wurde geboren in dieser Gegend, zehn Kilometer weg von Kužnice vor… na, ungefähr vierundsechzig Jahren. Vater Viehhändler und bestialischer Säufer mit Ringen an den Fingern, die Mutter ein Kind. Siebzehn bei der Geburt Zdeneks.

Die erste Geschichte, die unser Zdenek zu hören bekam, handelte vom Teufel, und er kann sie erzählen, als habe er sie erst gestern gehört. Da wohnte also in dem Dorf eine alte, verkümmerte Frau, ausgestoßen von den übrigen Bewohnern, und meine gute Mutter erzählte dem kleinen Zdenek: ›Diese Frau, mein liebes Kind, hatte einmal ein Kind, dessen Vater war der Teufel, denn sie war nicht verheiratet. Und eines Tages kam ein Mann zu der Frau und bat um ein wenig Wasser. Und als sie nach hinten ging, um das Wasser zu holen, gab es eine Flamme, und es stank nach Schwefel, dort wo sie das Kind hatte stehen lassen, und es war verschwunden mitsamt dem fremden Mann. DENN ES WAR DER TEUFEL.‹ Und der Teufel ist besonders hinter kleinen Kindern her. Und sie führte den kleinen Zdenek zum Beweis zu dem Haus der armen Frau und lehrte ihn, wie die Hölle riecht, nach Schwefel, wie sie sagte. Es stank dort freilich irgendwie, und damit war die Existenz des Teufels bewiesen. Die Frau aber hatte einst wohl ein uneheliches Kind zur Welt gebracht, und meine gute Mutter war, als ihre Mutter starb, von der Kirche in Pflege in eine Klosterschule übernommen worden und verstand es nicht besser. Und sie war es, die mich zunächst über Gott unterrichtet hat: ›Gott ist gut und allmächtig, er ist das Christkind, und wenn du um etwas betest und mir gehorchst, wird es dir an Weihnachten bringen, was du dir gewünscht hast.‹

Danach war vorwiegend vom Teufel die Rede. Unser Zdenek wurde in finsteren Stuben eingeschlossen, und der Teufel war bei ihm, um ihn zu strafen. Währenddessen soff mein Vater wie eine Sau, zertrümmerte die Möbel, schlug meine Mutter, und sie schlug mich, aber als ich sieben war und die ersten Sätze lesen konnte, überließ man mich der kirchlichen Erziehung.

Die Kirche hat noch keinem geschadet, das sagte der Alte mehr als einmal. ER sei auch Ministrant gewesen.

Da wurde der Katechismus auswendig gelernt, die zehn Gebote, mit Schwerpunkt auf dem sechsten: Wer Unkeusches berührt, wer Unkeusches anschaut, wer Unkeusches redet, wer Unkeusches anhört, wer Unkeusches tut mit sich oder mit anderen...

Was das denn sei, fragte der kleine Zdenek, und man sagte ihm: Na da unten. Mehr zu sagen, wäre ja ›Unkeusches reden‹ gewesen, also wohl Sünde. Und Genaueres zu erfragen, wäre ›Unkeusches hören‹ gewesen, also wieder Sünde.

Und ihm wurden die Qualen der Hölle geschildert, die Furcht vor Gott, also die Gottesfurcht, als höchste Tugend beigebracht. Gott, der ALLES sieht und hört und jede Sünde bemerkt. Das Jüngste Gericht, die ewige Verdammnis, die jeden trifft, der nicht alles beichtet. Aber Gott liebe die Sünder mehr als die Gerechten, und er habe es gern, wenn man lieber zuviel als zuwenig beichte, und der Mensch müsse sich immer im Zustand der Heiligmachenden Gnade befinden, denn er könne plötzlich sterben, dann sei er auf ewig verdammt...

Zweimal in der Woche Beichtunterricht, zweimal in der Woche Frühmesse, am Sonntag zusätzlich. In der Schule zweimal Religionsunterricht, beim Pfarrer.

Der Papst ist der erste Stellvertreter Gottes auf Erden. Der Bischof der zweite, danach der Priester und dann die Eltern. Stellvertreter Gottes! Ein Säufer und Hurenbock Stellvertreter Gottes, denn manchmal nahm mein Vater mich mit nach Kielce, wenn er das Vieh, das er in den Dörfern aufgekauft hatte, auf den Markt oder zu den Händlern fuhr. Hauptsächlich, wenn er mir einen neuen Anzug gekauft hatte. Dann zeigte er mich erst in der Kneipe herum und besoff sich, und ich stand zwischen den Tischen und wartete und heulte und bekam eine reingehauen und dann wieder Schokolade bis zum Kotzen. Und wenn er besoffen war, ging er zu Weibern und schloß mich im Ford ein, einem alten Lieferwagen. Aber wenn er herauskam, dann zeigte er mich den Weibern, denen ein Strumpf oder was herunterhing, ich ahnte da Unkeuschheit und hatte also schwer gesündigt, denn ich hatte Unkeusches angeschaut. Und als ich nach Hause kam, wollte meine Mutter wissen, ob der Alte bei Weibern war. Sagte ich Ja, schlug er mich windelweich; er hatte sich eine lederne Hundepeitsche angeschafft. Sagte ich Nein, hatte ich gelogen und schon wieder gesündigt. Die Sünden waren unzählbar, das ganze Leben eine Sünde, meine Seele ein tiefes Loch voller Schlangen und Nattern. Da war ich knapp über sieben und schon völlig verblödet vor Gottesfurcht.«

Marcell guckte ihn an, als wollte er sagen: Du bist doch immer noch völlig verblödet, Junge.

Als ob er das gehört habe, sagte Zdenek: »Das kann nur einer verstehen, der so als Kleinkind gelebt, ach was, gelebt: dahinvegetiert hat.

Zu Haus die Peitsche und der Teufel, die Peitsche war zu ertragen, denn da gab es Grenzen. Aber die Angst vor dem unendlich großen Gott – ihr Arschlöcher.«

Er schien das Gefühl zu haben, daß wir das nicht hören wollten, stand auf und ging weg, kam aber dann doch wieder.

»Inzwischen war ich neun.

Die Kommunion war vorbei. Die Hostie ist der Leib Christi und nicht etwa symbolisch, sondern WIRKLICH. Habt ihr das gehört: WAHRES FLEISCH. Du nimmst wahres Menschenfleisch in den Mund und ißt es. Es zu beißen oder auch nur mit den Zähnen zu berühren ist eine schwere Sünde, denn Gott beißt man nicht. Welche Qualen, es immer an den Zähnen vorbeizujonglieren.

Dann kamen die Maiandachten, die Rosenkranzandachten. Jeden Abend auf dem kalten Steinfußboden mit nackten Knien immer zu wiederholen: ›Ich bin ein erbärmlicher Sünder, ich bin ein erbärmlicher Sünder.‹

Gebete herunterleiern, die ein Kind nicht versteht und die letztlich auch nichts bedeuten … ›Du bist gebenedeit unter den Weibern und gebenedeit ist die Frucht deines Leibes …‹

Ich mußte Ministrant werden, weil mein Vater wollte, daß man ihn als ordentliches Kirchenmitglied auch achtete; er spendete jeden Monat zehn Zloty extra in einem Briefumschlag, welchen ich dem Pfarrer übergeben mußte. Dreimal die Woche Ministrantendienst, möglichst viele Frühmessen, ich war inzwischen zehn. Zu Hause war es die Hölle. Wir zogen in die Stadt, mein Vater kaufte ein neues Auto, soff mehr, hurte mehr herum, und die Mutter heulte öfter.

In der Stadt lebte ein Jesuit, der die Jugend zur Aufnahme in eine Kongregation vorbereitete und uns zu ›Soldaten Christi‹ machte, wie er sagte. Wir liebten ihn über alles, er war selbst ein Gott für uns, so bewunderten wir ihn. Ein schöner Mensch mit schmalem Kopf, was für einen Breitkopfpolen das göttliche Schönheitsideal ist, aber wer das nicht wußte, dem sagte er's, indem er Christus so beschrieb. Man wisse das aus dem Grabtuch, das noch erhalten sei. Schmalköpfig, germanisch, groß und stark. Er sprach drei Sprachen, konnte angeblich alles und verlangte das Äußerste von uns. Christus sollte stolz sein auf uns.

Dann kam ich in die Pubertät. Er gab uns Unterricht in dem, was der heranwachsende junge Christ wissen muß. Etwa über die nächtlichen Erektionen, diese neuen Wörter hörte ich zum erstenmal. Dagegen könne man nichts machen. Wir seien von Gott so geschaffen, der Teufel oder das Böse aber nutze unsere Natur, um uns zu verführen. Und so weiter, und so weiter.

Mir glühte der Kopf bei dieser Lektion, denn ich

hatte schon die ersten gottgegebenen Versteifungen gespürt.

Wenn die Versuchung uns anficht, dann nehmen wir einen kalten Lappen und legen ihn auf das Geschlecht.

Ich habe das versucht, Scheiße hat das genutzt.

Zu meinem Glück war das die letzte Lektion, die ich bei dem geliebten Menschen erleben mußte. Der Krieg erlöste mich von der Kirche, ich war vierzehn, als ich zu meinem Großvater nach Kuźnice kam. In das Haus, in dem ich jetzt wohne.

Was für ein fabelhafter Mensch. Waldarbeiter und Tagelöhner, der in den ganzen zwei Jahren, die ich mit ihm lebte, nicht mehr als fünf Sätze sprach, ich weiß sie fast alle noch heute. Einer war: wenn man sich die ganze Sache so überlegt, hat das ganze Überlegen gar keinen Zweck.

Er haßte die Kirche. Ein Kasperletheater für alte Frauen, sagte er.

Ich kochte, und er ging zum Arbeiten. Wir lebten aus unserem Garten und von etwas Kleinvieh. Die Deutschen hatten das Land besetzt und wüteten. Eines Tages kamen ein paar von unseren Leuten, Partisanen, zu uns und fragten nach etwas zu essen. Einer von ihnen war Zbigniew. Ich hängte mich an ihn, er war der Mensch, der ich hätte sein wollen, fröhlich und furchtlos. Ich konnte vor Furcht nicht aufrecht gehen. Ich fürchtete mich vor allem. Die Furcht vor dem Teufel und vor Gott rechtzeitig mit der Axt ins Programm gehauen, und du rutschst innerlich nur noch auf dem rohen Fleisch deiner Seele über die rauhe Erde. Und das bleibt dir ewig, und wenn du nicht davon wegkommst, gehst du daran zugrunde.

Als mein Großvater sagte, wenn er jünger wäre, ginge er mit ihnen in die Wälder, denn er haßte die Deutschen, beschloß ich, mich den Partisanen anzuschließen, ich war fünfzehn.

Und dann versuchte ich die Furcht zu besiegen und meinte, wer töten könne, habe keine Furcht. Ich erschoß bei jeder Gelegenheit, die sich bot, ohne umliegende Dörfer zu gefährden, Deutsche. Die Kirche hat ja nicht nur das Töten erlaubt, sie hatte die Waffen gesegnet. Jahrzehntelang wachte ich jeden Tag bei Sonnenaufgang auf, ganz automatisch, und erschrak, denn das Zuspätkommen in die Messe, das Nichteinhalten des Ministrantenversprechens, alles war Sünde. An Sonntagen, wenn ich Kirchglocken höre, bekomme ich noch heute Magenschmerzen. Rieche ich Weihrauch, wird mir übel. Des Nachts wache ich auf und sehe die Menschen umkippen, die ich getötet habe, und dann setzt die Kreissäge ein und schneidet und schneidet, aber nicht nur im Kopf, sondern längs durch den Leib. Ich zerfalle in zwei Teile… und höre diesen Dreck: Was Gott zuläßt, kann nicht schlecht sein.«

Zdenek sprach stockend und voller Wut und riß Grasbüschel aus.

»Du warst für mich ein Leben lang der Meister in Sachen Lebenskunst«, sagte Staszek. »Weißt du das?«

»Nein«, sagte Zdenek, nahm seine Drahtbrille ab, putzte sie umständlich und unnötig und schaute ihn merkwürdig ernst an.

»Lebenskunst.«

Das sagte er so, als habe er dieses Wort heute zum erstenmal gehört.

»Was für Lebenskunst?«

»So, wie du gelebt hast, das mußte es sein. Ich dachte immer an dich, ich dachte: wie würde es Zdenek machen an meiner Stelle...«

Zdenek schaute ihn an: »Lebenskunst... was ist Lebenskunst? Was soll das sein, chłowiek, von was redest du?«

»Durchkommen auf die bestmögliche Art und dabei lachen. Und lachen. Und nichts haut dich um. Das konntest du damals.«

»Das konnte ich damals? Oh, Mann...«

Zdenek lachte, aber er lachte nicht wirklich.

»Du sagst, das konnte ich damals? Warum weißt du das? Weil ich herumhurte und soff und sang? Und was ist mit den Toten, was ist mit denen, die ich umgebracht habe, weil ›Gott es erlaubte...‹? O Mann!«

Er stand auf, steckte die Hände in die Taschen und ging nervös hin und her.

»Soll ich dir sagen, wie es dazu kam? Gehirnwäsche, für blöd verkauft und eines Tages merkst du es, und es kommt zu einer Explosion, es kippt ins Gegenteil um von dem, was man dir mit der Axt eingebleut hat...«

Er kam näher.

»Aber ich weiß, was du meinst, ich weiß es. Ich hätte dabei glücklich sein müssen, es muß ja immer alles in Ordnung sein, es darf nichts geben, was an dir sägt. AN MIR SÄGT DER HASS, chłowiek. Weißt du, was das ist? Wenn du haßt, kannst du nicht leben, und du kannst ihn nicht loswerden. Wer wie ich die katholische Gehirnwäsche erlebt hat, wird den Haß gegen sie nicht los, und das versteht nur der, der es erlebt hat.«

Er war stehengeblieben und nickte dabei mit dem Kopf, als hätte er eine Nervenstörung.

»Das verstehst du nicht: DU WIRST IHN NICHT LOS...«

Staszek sagte, er verstünde es. Nahm es ein wenig zurück und hängte ein ›vielleicht‹ dran, aber er verstand es nicht.

»Und die Katastrophe ist: es geht alles immer so weiter. Sie bauen Kindergärten und Schulen und stellen dort Weichen, die den Zug erst nach zwanzig Jahren entgleisen lassen, und predigen dort ihre menschenfeindliche Religion, wo der neugeborene Mensch mit einer Last begrüßt wird. Mit der Erbsünde ins Leben entlassen wird, und nicht etwa von einem Gott mit Freuden begrüßt wird, Monsieur, wie heißen Sie?«

Er blickte Marcell an, aber der antwortete nicht. Er ließ sich anmerken, daß er das alles nicht hören wollte. Aber Zdenek ging nicht davon ab. Da war ein Staudamm gebrochen, nicht aufzuhalten. Aufgestaut in einem ganzen Leben.

»Was für eine Teufelei: Da werden stundenlang Litaneien heruntergeleiert, die immer wiederholen, ›Ich bin ein erbärmlicher Sünder!‹ Keiner bemerkt, was der Sinn davon ist. Nun sag doch mal einen Tag lang: ›Ich bin entsetzlich krank, ich bin entsetzlich krank!‹ Sag das mal, du Franzose, und du BIST am Ende entsetzlich krank.

Sie erzeugen ein Gefühl der Erbärmlichkeit, machen den Menschen minderwertig. Weil sie ihn so brauchen. Weil sie ihm dann die vermeintliche Erlösung verkaufen können.

Monsieur.«

Er riß weiter an den Grasbüscheln herum und blickte uns so an, daß wir merkten, eigentlich nahm er uns gar nicht wahr.

»Ich sage Ihnen etwas, panowie: ES GIBT KEINE ERBSÜNDE. Einen Gott, der so etwas zuließe, kann man nicht verehren, noch braucht man sich von ihm irgendwelche Gnade zu erwarten. Und doch wird der Mensch unter Androhung ewiger Verdammnis gezwungen, daran zu glauben wie an alle diese gottverdammten Geschichten vom Teufel und der Sünde und dem Jüngsten Gericht. Von klein auf, von Kind an wird ihm das anscheinend harmlos erzählt – Messieurs --- oh diese Kreissäge in meinem Kopf --- ein Schöpfer des unendlichen Kosmos spielt ein solches Kasperletheater – mon dieu! -- mir zerreißt es den Schädel --- ich kann es nicht ertragen --- sie reden es schon den Kindern ein --- verstehen Sie mich?«

Zdenek murmelte noch Unverständliches vor sich

hin, stand dabei auf und ging unendlich müde, so als habe er eine schwere Last weit getragen, dann abgeliefert, aber keinen Lohn dafür bekommen, an seinem Motorrad vorbei ins Feld hinaus. Drehte dann um, kam zurück, trat mühsam die Maschine an und fuhr sehr langsam davon. Wir saßen betreten oder eher unglücklich da.

Möglicherweise war Staszek seinem Freund Zdenek jetzt näher als einst auf dem Schiff.

Gab es auch Sternstunden des Schreckens?

Wir standen auf, trotteten zurück ins Dorf, keiner sagte ein Wort.

*

»No, der Herr Ptak hat Fisch für die Herren gebracht. Ich habe schon gekocht – sehn Sie hier, gutes Sauerkraut schön mit Speck abgeschmeckt, dazu wird es Kartoffeln geben. Demjenigen, welcher den Fisch brachte, habe ich schon was versprochen.«

Staszek sagte, wir würden übermorgen wegfahren. Morgen sei Sonntag, da gebe es kein Benzin.

Wir holten Zbigniew zum Essen, aber er sprach so gut wie kein Wort, und wir merkten nicht, was wir aßen. Zbigniew dagegen aß mit großem Genuß und sehr langsam.

»Wenn er schläft, dann schläft er. Und wenn er ißt, dann ißt er. Sonst nichts.«

Dieses SONST NICHTS. War es DAS?

Und dann ging er, gab noch jedem die Hand und nickte.

Und wenn er geht, dann geht er.

Staszek sagte, er müsse sich heut besaufen, ob wir mitmachen wollten. Nein, wollten wir nicht. Er holte eine Flasche Rotwein, nahm ein Stück Brot mit und setzte sich auf die Bank hinter dem Haus. Zdulko war nach Hause gekommen, hatte sich gewaschen, Staszek angeschaut und mit dem Kopf genickt.

War Zdulko einer von den Erleuchteten und wußte es nur nicht? Wenn ein Erleuchteter die höchste Stufe erreicht hat, weiß er nicht mehr, daß er erleuchtet ist. Dann ist er in dem Zustand, welcher zwischen zwei Spiegeln besteht, die sich gegenüberstehen und sich bis in alle Ewigkeit gegenseitig immer widerspiegeln, SONST NICHTS.

Konnte man ohne Meister erleuchtet sein? Das hätte man Zbigniew fragen müssen. Oder hatte er nicht gesagt, manche würden in diesem Zustand geboren? Und einer, der nicht leide, sei auf der Insel der Glückseligkeit. Man hätte Zdulko fragen sollen, ob er litt.

Nein, man fragte ihn besser nicht.

Pani Zdulko hatte die Stube aufgeräumt und war dann zu ihrer Schwester gegangen. Zdulko hatte uns noch Holz vor den Ofen gelegt und sich dann auf seine Pritsche verzogen.

Staszek kam zurück, und wir gingen mißmutig ins Bett. Marcell war sehr verstimmt, wohl, weil er sich als der Prügelknabe vorkam.

*

Am nächsten Tag standen wir automatisch später auf, denn es war Sonntag. Sonntags steht man später auf. Pani Zdulko machte ein fröhliches Gesicht, es roch nach frischer Wäsche, sie trug frischgewaschene Kleider. Sie hatte Weißbrot mit Rosinen gebacken, denn Staszek hatte auch Rosinen mitgebracht.

Marmelade stand auf dem Tisch. Sogar Milch, die wir nicht wollten, aber dann doch tranken.

Der alte Zdulko war frisch gewaschen und rasiert und hatte ein sauberes Hemd angezogen. Draußen schien die Sonne, und man konnte den Sonntag riechen. Selbst die Hühnerscheiße roch angenehmer. Was für ein schöner Tag!

Es sah aus, als hätten sich alle Himmel geklärt.

Staszek hatte wieder seinen starken Kaffee bereitet, und diesmal mußten beide Zdulkos mit uns frühstücken. Bedingung. Dann läutete draußen diese kleine Glocke im Kirchturm. Wir gingen fröhlich hinaus und hatten noch nichts miteinander geredet.

Die Glocke bedeutete, daß Zbigniew den Menschen hier zur Verfügung stand. Er hatte sich rasiert und stand vor der Kirche. Es roch überall nach frischgewaschenen Kleidern, die Menschen waren auch sonntäglicher angezogen als sonst, alle schienen sich zu freuen. Manche gingen zur Kirche hin, schritten mit Zbigniew hinein, und wir sahen, daß er ihnen die Hand auf die Schulter legte, und sie gingen fröhlich wieder weg.

Manche redeten mit ihm, manchmal zu zweit oder dritt.

Als wir ihn später fragten, sagte er, wenn jemand seine Sünden vergeben haben wolle, lege er die Hand auf dessen Schulter und vergebe ihm seine Sünden. Oder wenn einer ein Problem habe, sich Streitigkeiten ergeben hätten, fragte man ihn, und er könne dann oft schlichten.

Aber mit der Zeit kamen sie immer seltener. Der Begriff der Sünde werde so nach und nach vergessen, auch wenn zweitausend Jahre Schuldzuschreibung und Sündenbewußtsein natürlich nicht so schnell aus der Welt zu schaffen seien.

Manche legten ihm ein kleines Geschenk auf den Altar. Ein paar Lebensmittel, etwas zu essen. Das sei, wovon er hier lebe. Sagte Zbigniew. Im Winter habe man ihm einen Schal gestrickt.

Ob er auch taufen würde?

Ja, das tue er auch. Das sei nur eine Sache des Glaubens. Wenn jemand glaube, sein Kind stünde sich besser da, wenn es getauft sei, dann würde er's taufen. Nur sei hier nach und nach nicht mehr davon die Rede, daß die Taufe eine unwiderrufliche Festlegung darstelle. Sie sei mehr eine Zeremonie der Freude, die mehr zur Beruhigung der Eltern diene.

Staszek sagte, morgen würden wir weiterfahren.

Zbigniew nickte.

Staszek übergab ihm noch alle restlichen Geschenke, die er mitgebracht hatte, damit er sie an die Leute hier verteilen konnte. Zbigniew legte sie auf einem kleinen Platz unter einem Baum aus, und die Dorfbewohner holten sich, was sie brauchten. Er sagte: »Sie nehmen hier nur das, was sie wirklich brauchen, und lassen auch schon mal einem den Vortritt, der es nötiger braucht.«

Später kam Zbigniew und sagte, wir würden diesen letzten Abend zu Zdenek gehen. Sie hätten für solche Gelegenheiten einen kleinen Weinvorrat.

Zu Mittag gab es zwei Hühner, gebraten. Dazu Kartoffeln und Rotkohl. Staszek holte zwei Flaschen Wein aus seinem Vorrat, es blieben dann noch etwa fünf Flaschen, die er Zdenek zu schenken gedachte.

Es wurde ein gutes Essen. Wenn die Reise sich gelohnt hatte, dann schon wegen dieses unschuldigen polnischen Sonntags.

Er war wie der Tag vor der Entstehung des Chaos am siebten Tag der Erschaffung der Welt.

Wir gingen danach aufs Feld, und Zbigniew sagte, er stelle sich vor, das Universum sei ein System aus Strahlen oder Wellen, aus denen alles entstünde, was da sei.

Das sei so, wie die Atmosphäre von Radiowellen, Funkwellen, Fernsehwellen durchzogen sei, und wer das nicht wisse, würde es auch nicht für möglich halten, daß man mit einem kleinen Radio an jedem beliebigen Platz der Welt Musik empfangen und hören könne. Und dieses System aus Strahlen sei von exakter Ordnung. Das Material, aus welchem die Strahlen seien, würde er, da er kein anderes Wort kenne, ›Tao‹ nennen.

Die Ursache allen Geschehens sei also der Stoff, nein, der NICHTstoff, also das Tao.

»Könnt ihr mich verstehen?«

So würden die Blumen zum Beispiel unter einer bestimmten ›Bestrahlung‹ – und hier könne man es am deutlichsten sehen – blühen. Der Bestrahlung der Sonne nämlich. Und wie der gesamte Kosmos sei auch der Mensch in dieses System eingebettet.

»Aber er ist nicht total ausgeliefert.«

Womit er sich und seiner Aussage von gestern widersprach, was Staszek ihm auch sofort sagte.

Er gab es zu und sagte, er denke schon einmal jeden Tag etwas anders, aber heute denke er so. Außerdem habe er das nur in Frage gestellt. Aber es sei so, daß auch der Mensch diesen Stoff in sich habe, das Tao, ja sogar daraus bestünde, weil ALLES das Ergebnis dieser Strahlung sei. Und der Mensch von sich aus habe in sich den Lotsen, so wie ein Radio grob gesehen die Wellen, die famose Musik ja aufnimmt. Habe also den Empfänger und könne sich wunderbar einpassen.

Er könne sogar mit diesen Strahlen ›arbeiten‹, sie zu seinen Gunsten nutzen und, wenn er stark genug sei, ›Berge versetzen‹.

Das ginge soweit, daß manche Leute etwa, wenn sie in Paris zum Markt führen, um einzukaufen, fast immer einen Parkplatz fänden. Weil sie genau dann losführen, wenn einer bei ihrer Ankunft frei werde. Man könne sich alles holen, was die Welt hergebe. Sogar ein gutes Leben.

Staszek und Marcell schauten ihn etwas hämisch an.

»Und was ist mit Zdenek? Warum wird er seinen Haß nicht los?«

»Seine Seele, oder wenn du willst: sein innerer Lotse, das Empfangsgerät, ist zerstört worden. Von einer gewissenlosen, menschenfeindlichen Religion, die ein willenloses Fußvolk braucht.

Vielleicht ist Zdeneks ›Empfänger‹ ja nur gestört. Vielleicht aber auch zerstört, denn er hat sehr viele Menschen getötet, und das ist so leicht nicht aus dem Leben zu schaffen.«

Zbigniew sah sehr unglücklich aus.

»Und warum gelingt es so wenigen, dieses System zu nutzen, also ein glückliches Leben zu führen, welches funktioniert?«

Marcell fragte das.

»Ja«, sagte Zbigniew, »ja. Das darf man sich fragen. Bei den Tieren funktioniert das Leben. Das heißt, es funktionierte, bis der Mensch es zerstörte. Und es ist wohl so, daß der Mensch das System auch für sich zerstörte. Darum haben so viele den inneren Lotsen, den Sinn für das Tao verloren.«

Wir gingen noch eine ganze Weile, ohne etwas zu sagen. Dann drehten wir um, kehrten ins Dorf zurück und verabredeten uns für sieben Uhr bei Zdenek.

»Aber man kann zurechtkommen«, sagte noch Zbigniew, bevor er ging. »Es ist möglich, auch noch jetzt auf dieser Welt zu leben.«

*

Wir nahmen den Wein mit und unsere letzten Konserven. Unterwegs trafen wir Zbigniew, der mit uns ging.

Als wir ankamen, war Zdenek gelöst und fröhlich, als hätte er zuvor nie herumgetobt. Er hatte das Gartentor aufgeschlossen, verriegelte es aber wieder hinter uns. Er hatte im Garten die herumliegenden Geräte zur Seite geschoben und in seiner Bude eine Art Ordnung geschaffen, sogar gefegt. Der Tisch war mit ein paar Tellern und Gläsern gedeckt. Brot lag in der Mitte, ein großes Messer. Auf kleineren Tellern waren gerösteter Knoblauch, geräucherter Speck, Salz, eingelegte Zwiebeln und eingelegte grüne Tomaten.

Er holte aus einem Keller, der von außen zugänglich war, eine Flasche gekühlten Wein.

Wir suchten uns jeder einen Platz, und es gab keinerlei Spannung.

»Und in der Nacht vor seinem Tod nahm er seine Freunde, und sie feierten ein Mahl.«

Sagte Zdenek und lachte.

Der Ofen war ausgefegt, so daß das Feuer frei brennen konnte. Wir tranken diesen großartigen Wein, aßen dazu Brot und gerösteten Knoblauch. Dann und wann ein kleines Stück Speck, und keiner redete.

Neuer Wein wurde geholt. Und bald legte sich eine Glückseligkeit über uns, es war, als rieselte dieser famose Wein wie Blut durch unsere Adern und machte uns grenzenlos heiter. Das war das Leben, wie es in seinen großen Stunden sein soll. Zdenek goß den Wein ins Glas und sagte: »Das Blut des Lebens …«

Hatten alle das gleiche gedacht und der Gedanke war da im Raum? Auch das Brot schmeckte, wie du noch nie Brot gegessen hast. Mag sein, daß der Wein es dazu machte, mag sein, daß sich der Gedanke aufdrängte, hier sei das Leben pur in Wein und Brot, jedenfalls glaubte wohl jeder in dieser Minute, NUR davon kannst du leben. Das sei die Nahrung, die dem Menschen zusteht.

Sagte einer: Das letzte Abendmahl?

Wohl nicht.

Und als die Seligkeit am größten war, nahm Zdenek seine Trompete und fing an leise zu spielen und immer großartiger. Er ging in einen Blues hinein, wurde leiser, und da holte Zbigniew aus seiner Kutte jene Mundharmonika, wickelte sie aus einem Fetzen Stoff (er hatte seit damals in Dakar nicht mehr darauf gespielt, wie er später sagte) und übernahm das Thema, und Staszeks Augen wurden wäßrig, daß er sich abwandte, damit man sein Gesicht nicht mehr sehen konnte.

Und dann spielten die beiden, Staszek sagte später, so habe er sie noch nie gehört, als lieferten sie hier das Ergebnis ihrer beiden Leben ab.

Wir tranken und aßen das Brot, und als der Wein zu Ende war, sagte Zdenek: »Und als ihnen der Wein ausging, nahm er Wasser...«, ging hinaus, holte kaltes Wasser in einem Krug, was jetzt besser war als der beste Wein, so war das Wunder wohl gewesen.

Tief in der Nacht gingen wir weg, der Himmel war voller Sterne, und keiner sagte etwas, jeder kroch nur auf seine Weise ins Bett, und bei Morgengrauen fuhren wir los.

»Und wenn sie fahren, dann fahren sie...«

Wir machten unser Frühstück selbst, der alte Zdulko saß schon neben dem Ofen und rauchte, als wir aufstanden. Wir sagten, daß wir jetzt fahren wollten, und er nickte. Als seine Frau kam, verabschiedeten wir uns und drängten ihr etwas Westgeld auf, vielleicht würde es ihr nutzen.

Wir fuhren nach Warschau und haben nie über die Zeit in Kużnice geredet.

*

Drei Jahre später hatten Staszek und ich in Paris einen Nachmittag nichts zu tun, und wir wanderten durch die Straßen. Wahrscheinlich hatte Staszek es mit Absicht so eingerichtet, daß wir mit einemmal in der Rue Fontaine au Roi standen.

»Ich zeig dir das Haus«, sagte er.

»Welches Haus?«

Ich wollte nicht zugeben, daß auch ich andauernd an die beiden Alten denken mußte und mich gern in die Rue Fontaine hatte ziehen lassen.

»Da.«

Er steuerte auf das Bistro gegenüber zu, und wir setzten uns an einen Tisch, und er sagte: »An diesem Tisch habe ich immer gesessen.«

Wir bestellten zwei Pernod.

Die Tür in dem schweren Tor der Nummer zwölf war nicht vernagelt. Sie war nur verschlossen. Aber doch verschlossen, nicht offen, das konnte man erkennen.

Marcell schaute den Patron an und sagte:

»Er könnte der Sohn sein. Sein Vater hatte immer gesagt: ›Mon dieu, Monsieur – für eine dieser Frauen würde ich mein Leben geben‹, weißt du noch?«

Ich wußte es noch.

»Patron!«

»Oui, Messieurs!«

»Haben Sie schon lange dieses Bistro?«

»Zehn, nein, zwölf Jahre, Monsieur.«

»Und vorher?«

»Hatte es mein Vater. Er wohnt jetzt in Toulon.«

»Kennen Sie die Leute hier?«

»Fast alle, aber sagen wir besser, alle.«

»Wer wohnt in dem Haus da drüben?«

»Mon dieu, in dem Haus, Monsieur, das ist so eine Geschichte…«

Staszek schob einen Stuhl zum Tisch und lud ihn ein, doch Platz zu nehmen. Einen Pernod vielleicht?

»Non, non, merci.«

Er ging hinter die Bar, um einem Kunden ein Glas vollzuschenken, und kam dann zurück.

»Das ist eine Geschichte… Zwei Verrückte. Sie verstehen? Aber ich will es vielleicht so nicht sagen. Vielleicht sind sie gar nicht verrückt…«

Er mußte wieder weg, weil der Gast noch ein Glas wollte. Dann kam ein Händler und lud eine Kiste ab, die der Patron verstauen mußte. Staszek ging hinaus und versuchte das Namensschild zu entziffern und drückte gegen die Tür. Er kam zurück und sagte: »Nichts.«

Der Gemüseladen gegenüber war noch immer da.

»Weder neu gestrichen noch sonst etwas verändert«, sagte Staszek »und ich wette, die Farbe stammt noch aus der Revolution.«

Aber dann kam der Patron.

»Dieses Haus, Messieurs, gehörte zwei alten Männern. Vor etwa drei Jahren tauchten sie hier auf, haben es verkauft und haben eine Menge Geld bekommen, oh, là, là, es muß ein Riesenhaufen gewesen sein...«

Und er schüttelte seine linke Hand über der Schürze aus. Staszek hatte erzählt, daß sein Vater das auch getan hätte, wenn er die Frauen der beiden Kameraden beschrieb. Reine Vererbung.

»Wie sehen sie aus?« wollte Staszek wissen.

Was für eine unnötige Frage!

»Sehr alt. Einer geht am Stock. Beide sehr weltmännisch gekleidet, Ausländer, ja man sagt, sie seien Ausländer. Aber dann, Monsieur, aber dann...«

Er mußte wieder weg, und Staszek verfolgte jede seiner Bewegungen an der Bar mit unerträglicher Ungeduld. Bis er dann endlich wiederkam.

»Was war dann?« fragte Staszek.

»Wo hatte ich aufgehört?«

»Nachdem sie das Haus verkauften.«

Weil jemand ihn aus der Küche rief, wahrscheinlich seine Frau, bestellten wir etwas Käse, Oliven und Schinken, der Pernod hatte uns hungrig gemacht.

Vielleicht auch, um ihn wieder an den Tisch zu lokken und dann festzubinden.

»Voilà!«

»Was war dann?«

»Wann?«

»Als sie das Haus verkauften.«

»Ja, Messieurs, Sie werden es nicht glauben. Sie bezahlten also bei mir zehntausend Liter Wein und bezahlten fünftausend Mahlzeiten, sie müssen verrückt sein und dabei so viel Geld haben. Das bezahlten sie und sagten, ich solle damit jeden hier bewirten, der kein Geld habe. Seither kommen die armen Leute aus der Gegend zum Essen und trinken sich einen fröhlichen Rausch an. Das ist jeden Tag ein kleines Fest.«

Dann mußte er nach draußen, jemand hatte eine Kiste vor der Tür abgestellt und an die Scheibe geklopft.

Er lud sie langsam ab, und wir bestellten je ein Glas Rotwein, denn der Käse und der Schinken hatten uns durstig gemacht, und Staszek lachte und schüttelte andauernd den Kopf.

»Verfluchte Kerle.«

»Aber danach, Messieurs, das ist noch nicht alles... Manchmal kommen sie unangemeldet zur Mittagszeit und probieren das Essen, das die Leute bekommen. Und wenn es nicht gut ist, Messieurs, sollen Sie die mal hören. Besonders der Kleinere schimpft dann hier herum. Sie essen sehr oft mit den Leuten zusammen und freuen sich wie die Feuerwehr, wenn es brennt.«

In unseren Köpfen flimmerte schon der Rotwein, so daß wir noch einen kleinen nachgießen mußten.

»Und dann, Messieurs, haben sie uns noch einmal Geld für Wein und Speisen gegeben und verfügt, daß nach ihrem Tod das Mahl so lange fortgesetzt werden soll, bis das Geld weg ist. Und wenn sie sterben würden, solle ihre Asche aus dem Fenster geworfen werden. Mon dieu, was für merkwürdige Menschen es doch gibt ...«

Als wir beim dritten Glas und der zweiten Portion Käse waren, winkte der Patron von der Bar her mit dem Kopf zur Tür hin.

Und da kamen sie.

Wie sie leibten und lebten.

Zdenek an einem Stock und gebrechlich. Zbigniew hatte ihn eingehakt, und sie sahen aus, als hätten sie einen Kleinen getankt. Zdenek zog Zbigniew zu unserm Tisch und lachte: »Dieser Junge, mein lieber Zbigniew Kowalski, sitzt hier auf diesem Stuhl seit nunmehr dreißig Jahren. Hahaha. Nie weggewesen, warum seh ich ihn erst heute, sag mir das!«

Zdenek hieb Staszek eins auf die Schulter und nannte ihn einen alten Jakobiner.

»Und wenn ich es dir genau sagen soll, dann hat er uns einmal bis auf ein Schiff hin verfolgt. Aber jetzt muß ich erst schiffen.«

Sagte das und verschwand. Er blieb lange weg, daß Zbigniew uns in aller Ruhe erzählen konnte, was damals geschehen war. Zbigniew merkte man keinen

Rausch an. Staszek hatte ja auch erzählt, er habe ihn früher nie schwanken sehen.

»An dem Tag, an dem ihr von Kuźnice wegfuhrt, raste Zdenek mit Vollgas in die Kirchenwand. Die Mauer brach ein, er flog vor den Altar und blieb liegen. Er hatte die Beine und ein paar Knochen gebrochen, und das Herz schlug kaum noch, aber Leszek konnte einen Hubschrauber organisieren, und ich brachte ihn nach Warschau ins Hospital. Dort lag er drei Wochen im Koma und war zeitweilig tot.

Als er transportfähig war, brachte ich ihn nach Paris, wir hatten genügend Geld, du weißt, von früher, und Leszek half, soweit er konnte.«

»Und Jesus?«

»Er hat nie wieder von alldem geredet, nie von der Zeit in Kuźnice. Und ich habe auch nicht angefangen. Wenn er Glück hat, hat er all das vergessen.«

Zdenek kam wieder herbei, bestellte sich etwas zu essen und sagte: »Morgen spielen wir wieder, Jungs. Gleiche Straße, gleicher Keller, einmal in der Woche Alte-Männer-Jazz. New Orleans. Leszek kommt auch.«

Aber am nächsten Tag konnten wir nicht hingehen. Wir mußten weg, mußten in Rom drehen und konnten den Termin nicht verschieben.

JANOSCH
im Goldmann Verlag

## Sacharin im Salat

Roman · 192 Seiten
Goldmann-Taschenbuch 9385

Alex Borowski hat ein Problem. Und zwar mit seiner alten Bekannten Marlene. Die hat ihn nämlich angerufen und ihn zum Spaghettiessen eingeladen. Alex würde eigentlich ganz gern hingehen, nur ahnt er schon, wie alles wieder enden wird: Marlene wird wieder die ganze Zeit von dem irren Typen schwärmen, mit dem sie eine Woche im Bett gelegen hat, und der dann abgehauen ist. Und er, Alex, wird wieder keine Chance haben, mit Marlene zur Sache zu kommen.

## Sandstrand

Roman · 124 Seiten
Goldmann-Taschenbuch 8882

Karl, ein alternder Mann, der an den Folgen einer schmerzhaften Kriegsverletzung leidet, lebt einsam und zurückgezogen in einer deutschen Stadt. Da begegnet er eines Tages der jungen Schauspielerin Elia, und es geschieht, was er nicht mehr für möglich gehalten hätte: Zwischen Elia und Karl entwickelt sich eine komplizierte und zerbrechliche Liebe – unbedingt, und doch immer von der Auflösung bedroht.